Mourez
on s'occupe de tout !

CICÉRON ANGLEDROIT

Mourez
on s'occupe de tout !

ÉDITIONS DU PALÉMON
ZI de Kernevez - 11 B rue Röntgen - 29 000 Quimper

CE LIVRE EST UN ROMAN.

Toute ressemblance avec des personnes, des noms propres, des lieux privés, des noms de firmes, des situations existant ou ayant existé, ne saurait être que le fait du hasard.

DU MÊME AUTEUR

1. Sois zen et tue-le
2. Nés sous X
3. Fallait pas écraser la vieille
4. Riches un jour, morts toujours
5. Qui père gagne
6. Hé cool, la Seine !
7. Tout est bon dans l'boulon
8. Y a toujours un môme qui braille quelque part
9. Tiens bon l'pinceau, y a des coulures !
10. Tel est pris qui croyait pendre
11. Comme un cheveu sur le wok
12. Descente à Ménilmontant
13. Mourez, on s'occupe de tout !

Retrouvez ces ouvrages sur www.palemon.fr
Communiquons : cicangledroit@aol.com
Échangeons sur Facebook : Cicéron Angledroit
Suivez l'actualité : www.ciceron-angledroit.fr

À toi… Oui, toi ! Et bonne lecture…

« Si haut qu'on monte,
on finit toujours par des cendres. »
Henri de Rochefort. 1981-1913

PRÉAMBULE

Pour celles et ceux qui entrent directement, par ce bouquin, dans l'univers de Cicéron et qui, de ce fait, n'ont pas eu le bonheur de lire les précédents ouvrages, voici une courte, mais opportune, présentations des personnages principaux :

Les Z'Hommes :

Cicéron Angledroit : Détective, la quarantaine indéfinie mais bien tassée, si vous voyez ce que je veux dire, pas très grand, mal peigné, assez loser et très opportuniste. Il est le père d'Elvira, une gamine préado délurée (Elvira Angledroit… autre calembour) qui vit à Paris chez sa grand-mère paternelle. Il fait ce qu'il peut pour vivre, c'est surtout un observateur. Il passe le plus clair de ses nuits, si on peut dire, chez Vanessa, à Choisy. Son ancien deux-pièces de Vitry est devenu son agence de détective. Il a aussi un fils, Enzo, mais c'est une autre histoire (voir un peu après).

René : Caddie-man à l'Interpascher de Vitry… mi-ouvrier, mi-traîne-savates… un homme bourru, rustre mais attachant (un peu le Béru de San-Antonio en moins exotique). Ex-alcoolique pas anonyme, il fréquente, chaque matin, le même bistro (dans la galerie de l'Interpascher) que Cicéron… Ils se sont rencontrés à l'occasion d'un attentat qui a touché le troisième larron important de l'histoire (Momo). René, sous ses airs de boulet, est un homme bien et plein de bon sens qui se remet miraculeusement d'un AVC qui l'a transformé.

André dit Momo : Un taciturne à l'allure de SDF, intellectuel « rentré », pas expansif ni vantard. Il vendait des *Belvédères* (journal d'insertion) à la sortie d'Interpascher… Il déployait une telle psychologie que cette activité était très lucrative pour lui. C'est le penseur de la bande. Il connaissait déjà René. Mais un attentat (Lire *Sois zen et tue-le*) dans la galerie marchande l'a privé de son bras droit et lui a permis de sympathiser avec Cicéron qui les croisait, lui et René, chaque jour, sans faire attention à eux. Son handicap et les soucis administratifs lui ont fait renoncer à son activité. Désormais, il émarge à la Cotorep et à l'AAH (allocation adulte handicapé) et, la vie se montrant souvent facétieuse, il est devenu le bras droit de Cicéron. Il a une chambre au mois à l'Hôtel de la Gare de Vitry.

Le commissaire Théophile Saint Antoine : Un flic à l'ancienne, près de la retraite, bien forgé par une longue expérience du terrain, désabusé mais très droit. Est devenu pote avec Cicéron, auquel il confie quelques affaires en marge quand il n'a pas lui-même les coudées franches. Pote, mais avec, quand même, la barrière des convenances et du respect qu'ont ancré en lui son éducation et une longue carrière poussiéreuse de fonctionnaire de terrain.

Les Nanas :

Monique : Veuve de Richard Costa qui a été au cœur de *Sois zen et tue-le*. C'est aussi la maîtresse de Cicéron mais plus épisodiquement. Elle est également lesbienne et vit désormais avec Carolina, son ancienne belle-sœur (sœur de Richard). Elle vient d'avoir un bébé, Enzo, avec Cicéron qui, ne sachant pas dire non, a accepté d'être le géniteur de cet enfant. Mais Carolina et elle en sont les parents officiels aux yeux de la loi.

Carolina : Juste ci-dessus évoquée, c'est le fantasme number one de Cicé. Manque de bol, lui si talentueux d'ordinaire, se métamorphose en cloporte dès qu'il l'approche. Au fil des aventures, ils se familiarisent tous les deux mais ce n'est pas facile. D'autant que Carolina connaît très bien la relation « passée » de Monique et de Cicé et qu'elle semble plus exclusive que notre héros.

Vaness' : Fliquette, adjointe du commissaire, qui accorde aussi ses faveurs à Cicéron. Mais c'est du donnant-donnant. À la moderne. Sexuellement, elle le bouscule un peu par sa jeunesse et il a parfois du mal à s'accrocher aux branches. Au fil du temps, Cicé et elle sont devenus concubins.

Jocelyne : Euh, là, c'est compliqué. Pour résumer : l'ex-femme du père « inconnu » de Cicéron que celui-ci retrouve par hasard, fracassé sur sa table de cuisine (voir *Qui père gagne*) et qui ne laisse pas notre narrateur de marbre. Enfin si, quand même…

si on peut dire. Mais elle a décidé, unilatéralement, de prendre ses distances. Elle est la mère de Jérôme, pizzaïolo à Vierzon, qui est, de fait, le demi-frère de notre détective.

Et sans oublier Raoul et sa nièce, Lulu, qui tenaient le bistro de l'Interpascher, siège social de notre détective… Vous ne les verrez plus, ils ont vendu leur rade à Félix Yu, un chinois 100 % *made in* RPC.

Voilà, voilou… Bonne lecture !

1

Changement de décor

La jeune femme assise devant moi – elle a quoi… entre trente et quarante ans, je dirais – n'a pas l'air très en forme. Moi non plus, je l'écoute à peine. Elle me saoule depuis une demi-heure qu'elle est entrée dans mon bureau… Ah oui, là aussi, il y a du changement. Je vous raconte vite fait. Maintenant que je vis à plein temps chez Vanessa, maintenant que Momo bosse, à plein temps aussi, avec moi, il a bien fallu que je me structure. Le mec qui a inventé Microsoft dans son garage l'a quitté depuis belle lurette. C'est peut-être pas Microsoft qui a été inventé dans un garage mais un truc comme ça. Une légende industrielle américaine pour persuader le gogo qu'il peut y arriver. Bref, j'ai quitté, si on peut dire, le bistro de l'Inter comme siège social pour m'établir dans mes meubles. Où ? Chez moi, dans mon deux-pièces. Il a suffi d'un coup de peinture, de cloisonner la cuisine ouverte, de virer les meubles et d'en mettre d'autres.

J'ai juste gardé le tableau de Constant Vrbain comme décor au mur (voir un bouquin précédent, je ne me souviens plus lequel ou chercher sur le Net). Une occasion supplémentaire de regretter de ne pas en avoir acheté un plus grand. Mon seul souci c'est de ne pas avoir « pignon sur rue » comme on dit. Pas facile de faire passer mes rares clients par la cour. Pas très extra non plus comme « première image ». Momo a sa clé. Pas son casier, faut pas pousser. J'ai flanqué mon clic-clac, parfois utile, dans ma chambrette que j'utilisais déjà comme fourre-tout. C'est devenu notre salle de détente, notre entrepôt et nos archives. La kitchenette, même cloisonnée et aveugle, a conservé sa fonction. Le frigo, le micro-ondes et la Nespresso n'ont pas changé de place. Le décor du « cabinet » est sobre, de bon goût j'imagine, et fonctionnel. Un vaste bureau, un ordinateur, un téléphone, une imprimante, des appliques contemporaines aux murs, un fauteuil de direction et trois sièges visiteurs confortables. Le tout chiné sur *Le Bon Coin* chez un assureur qui prenait sa retraite. Le rideau poussiéreux de la fenêtre a été remplacé par un store à lamelles qui fait très détective américain des années 60. Dommage que la vue ne soit pas au rendez-vous. Je me suis même fendu d'une petite table annexe avec quatre chaises en plexiglas. Un clin d'œil au coin « réunion de travail » du commissaire Saint Antoine. Bien utile cette petite table qui sert en réalité de bureau à Momo. Mais on y est si peu souvent. C'est toujours mauvais signe quand on est là tous les deux. Sauf pour recevoir. Comme aujourd'hui. Je reviens donc à la jeune femme qui laisse refroidir son café devant moi en pleurnichant.

Moi, les femmes qui pleurent… Elle est très jolie. Elle ne s'est pas trop présentée et je l'imaginerais volontiers prof de danse ou coach en bien-être. Quelque chose d'actuel et de branché. Brune, fine, ni trop grande ni trop petite. À ma taille, en quelque sorte. Un visage régulier qui donne place à de multiples expressions et mimiques qui appuient ses paroles. Une robe fluide et près du corps avec de fines bretelles. Et son regard ! Beau et désespéré à la fois. Sûrement que ce désespoir qui s'en échappe est dû à la situation qu'elle me présente. Elle me parle sans me quitter des yeux. Ça me gêne un peu. J'ai noté son nom sur le dossier : Jessica Dumortier. J'en ouvre systématiquement un à chaque nouvelle affaire. Je n'ai encore rien écrit d'autre, même si elle parle, elle parle. Insensible à ma déco, tout juste si elle a accepté mon café d'accueil, elle a attaqué directement en commençant par :

— Si vous voulez comprendre, il faut que je commence par le début.

Peut-être. Si elle le dit. Seulement, pour l'instant, je ne capte rien d'autre que des impressions. Je ne consigne toujours rien. Pourtant, généralement, les notes que je prends me servent à asseoir la confiance, à attester de mon écoute et, voire, de ma compétence. Là, rien. C'est dans un flot qu'elle me débite sa vie. Je vous résume ce que je retiens malgré tout. Je lui ferai repréciser les points que je jugerai intéressants plus tard. Sa famille vient de la région lyonnaise, elle vivait à Bron. Son père était ingénieur Recherche et Développement chez Fabert Technologies, une entreprise de pointe en matière de vérins hydrauliques, installée à Vénissieux.

Un groupe qui possède plusieurs usines sur le territoire national. Quand elle a eu treize ans, environ, la famille a migré en région parisienne puisque le paternel a été nommé directeur technique du site de Vitry. Une belle promotion qu'il ne pouvait pas refuser et qui l'a mené à troquer les bords du Rhône pour ceux de la Seine. Fabert Technologies est un fleuron de la zone industrielle du quai Jules Guesde. Pas folichon pour l'adolescente en crise qu'elle était à ce moment-là mais, très vite, la famille a pris ses marques. Après des débuts difficiles de locataire de l'autre côté du fleuve, les Dumortier se sont stabilisés dans un pavillon bourgeois d'Ablon-sur-Seine, à quelques kilomètres de là. Un autre monde. Jessica a vite tiré avantage de la situation et est entrée dans le moule. Elle raconte, elle se raconte. Pourquoi est-elle là ? Je n'ose l'interrompre. Je lui fais signe que je reste attentif et je me lève me faire un second café. Le sien ne fume plus. Dans ma kitchenette, je peux respirer un peu, me redonner un air pro, me réveiller. Quand je reviens, elle me parle de ses études, de Paris, de sa vie d'étudiante. Les larmes laissent place à des sourires fugaces. J'ai envie de lui demander d'en venir aux faits. Je note quand même les dates importantes. Elle avait treize ans, il y a vingt-trois ans, quand ils sont arrivés. Entre-temps, son père a pris du galon puisqu'il est devenu directeur général du groupe. Je lui demande, pour faire diversion :

— Vous connaissez peut-être les Rousseau-Bonichon ?[1]

— Bien sûr ! Isabelle est une grande amie !

Ça nous fait un point commun. Mais quelle question idiote ! Comment voulez-vous qu'un

1. *Voir* Tout est bon dans le boulon, *même auteur, même collection.*

industriel de Vitry ne connaisse pas son voisin ? Surtout quand ils sont du même niveau. Pas perturbée par mon incartade, elle poursuit son topo. Le papa était à deux ans de la retraite et il commençait à lever le pied. Son principal boulot et sa principale préoccupation étaient de se trouver un successeur. Doucement, il se préparait à cette étape pas facile dans sa situation. Mais c'était resté un homme simple, un « rural ancré », insiste-t-elle. Ses passions étaient modestes et il vivait près de la nature. Toujours. L'emploi de l'imparfait me suggère qu'il s'agit du papa. La nature qu'il arpentait de long en large à l'occasion de randonnées hebdomadaires de plus en plus longues. À la saison, il laissait femme, fille et petits-enfants – elle-même, fille unique, ayant quitté le cocon familial depuis quelques années – pour aller aux champignons. Sa grande passion. Il avait ses coins. Notamment aux alentours de Champcueil et La Ferté-Alais, dans l'Essonne. Je sens qu'on arrive quelque part et je recommence à m'intéresser. Je note « champignons », « Champcueil ». Il partait tôt, souvent le week-end mais, de plus en plus souvent, en semaine également. Un matin, il n'est pas revenu. Des promeneurs ont retrouvé son corps exsangue (c'est son mot) près des Roches du Père la Musique, dans la forêt sur la commune de Ballancourt (un endroit incroyable que je vous recommande de visiter, ça vous fera un bol d'air). L'enquête a vite conclu à une attaque de sanglier. Il a dû déranger une meute et être chargé par un des mâles du groupe. Un coup de défense dans la cuisse. Fatal. L'artère fémorale a été percée. Hémorragie brutale et massive. Les secours ne seraient pas arrivés à temps. Il y a de la tension dans le bureau. Revivre, par la pensée, ces instants bouleverse Jessica qui se remet à pleurer et hoqueter. J'essaie de me détendre en imaginant René nous disant : « J'ai toujours dit que les champignons c'était dangereux. » Je pose quelques questions : l'autopsie ? Elle a bien confirmé que c'était un sanglier qui avait causé cette blessure. De l'ADN de la bestiole partout : dans la plaie, sur les vêtements, sur les mains, sous les ongles. Si on l'attrape, le quadrupède irascible aura du mal à nier. Probablement une seule charge, le temps que la meute prenne la fuite. C'était quand ? Il y a pile dix jours aujourd'hui. En semaine, donc. Peu de chance que le coin soit très fréquenté et qu'un randonneur ait pu appeler les pompiers à temps. Je réfléchis. Que veut-elle ? Que je retrouve le sanglier ? Ah ! Si seulement Momo était là ! Il saurait quoi dire, lui. Je me lève, fais le tour du bureau et tapote maladroitement l'épaule de ma cliente. Faut se méfier, maintenant, de nos élans de tendresse ou de compassion, ça pourrait être mal pris. Putain d'époque où même les réflexes humains doivent être contrôlés ! Mais elle accepte mon initiative et se blottit contre moi en se levant et en s'excusant. Je lui propose de remplacer le café qu'elle n'a pas touché et qui est froid. Elle accepte et se fend d'un sourire. Diversion bien utile, je me réfugie devant ma Nespresso. Quand je reviens, elle s'est refait une apparence. Ça m'aide. Elle me regarde et comprend mes interrogations. « Attendez, c'est pas fini », semble-t-elle vouloir me dire. Elle renifle, se mouche, boit son café sans sucre et se rassoit. Moi aussi.

2

Cap au sud

Jessica a repris un peu de couleurs. La pause-café lui a fait du bien. Je me demande où est Momo. Il était prévu qu'il me rejoigne pour assister à ce rendez-vous pris hier en fin de journée. Et ça n'est pas son genre d'être en retard. Je suis préoccupé. Ma cliente hésite, je l'aide :

— Je comprends votre peine et votre douleur mais qu'attendez-vous exactement de moi ?

Dans d'autres circonstances, je lui aurais demandé si elle a pensé à moi pour retrouver le sanglier. Mais, là, quand même…

— Oui, excusez-moi… J'y viens. J'ai été longue mais il fallait que je vous explique la situation. Bon… Mon père voulait être incinéré, telle était sa volonté. Mais ma mère, pour des raisons d'éducation ou de croyance, par peur peut-être, s'est opposée à cette décision. Sa famille a un caveau au cimetière de Bron et son souhait à elle, c'est d'y reposer auprès de ses parents. Elle n'envisage pas ce repos sans papa. Bref, après une courte cérémonie aux pompes funèbres de Vitry où il y a eu foule pour lui rendre un dernier hommage – la famille mais aussi de nombreux cadres et employés de chez Fabert – le cercueil est parti par la route pour rejoindre le cimetière de Bron où le reste des réjouissances (c'est son mot, prononcé avec un léger haussement d'épaules désabusé) était programmé pour le lendemain matin…

Elle se remet à pleurer mais conserve la maîtrise de sa narration.

— …Excusez ce terme mais tout ce tintouin et toute cette hypocrisie m'ont ébranlée. Fabert avait mis un autocar à la disposition de la famille et de quelques très proches collaborateurs de papa pour nous rendre à l'inhumation. Nous sommes donc tous partis de Vitry le lendemain très tôt afin d'être à l'heure à l'enterrement prévu en fin de matinée. Je ne connaissais pas le cimetière de Bron. J'ai quitté la ville assez jeune et à l'époque, ça n'était pas pour moi un lieu de promenade. Je le regrette car c'est vraiment un cimetière très apaisant. Un endroit chargé d'âmes si je peux dire. La cérémonie, vous vous en doutez bien, a été empreinte d'émotion. Sereine aussi, le soleil brillait et le ciel était bleu, sans nuages. Tout se déroulait dans un protocole convenu et de circonstance. Nous suivions, j'étais au premier rang avec ma mère, les porteurs du cercueil dans les allées du cimetière. Derrière nous, la délégation du car était là et d'autres connaissances de mes parents s'étaient jointes à nous. C'est fou ce que ça attire comme monde, les enterrements !

Beaucoup de visages étaient parfaitement inconnus de maman et elle redoutait les condoléances en fin de cérémonie. Elle me le répétait et ne me lâchait pas. Elle n'a pas eu cette peine : un des porteurs a fait un malaise subit. Sans aucun signe avant-coureur. Il allait bien et, pffuit, il est tombé sans prévenir. Naturellement, les trois autres, surpris, ont trébuché et le cercueil s'est retrouvé par terre. Dans le choc – à l'origine, on avait prévu une crémation et donc, pas investi dans une qualité exceptionnelle. À part les poignées et une décoration un peu spéciales, c'était vraiment du bas de gamme. De toute façon, papa n'aurait pas aimé que cela en soit autrement – il s'est cassé en deux.

Son récit devient haletant, au sens figuré pour moi et au sens propre pour elle. Elle se remet à pleurer, incapable d'articuler plus. Je la laisse se reprendre.

— Et… et là… On craignait tous de trouver le corps de papa dans une position insupportable, grotesque et déplacée. Et vous savez ce qu'on a trouvé ?

Moi ? Euh non. Je le lui dis. Elle ne laisse pas planer le mystère plus longtemps :

— Deux sacs de sable de quarante kilos chacun. Des sacs longs qui prenaient toute la place. Vous vous rendez compte ?

Oui, je me rends compte. En même temps, j'ai du mal à organiser mes pensées. Je balbutie un :

— Qu'est-ce que c'est que cette histoire ?

— C'est pour ça que je suis là. Pour le savoir.

Pour tout vous dire, cette mission annoncée ne me motive pas plus que ça. Que veut-elle que je trouve ? Je lui demande :

— La police n'a pas été avertie ?

— Bien sûr que si ! Et aussitôt. Ça s'est passé avant-hier. Mais les commissariats de Bron et de Vitry semblent se renvoyer la balle. À Bron, on est persuadé que la substitution a eu lieu à Vitry, et ici, c'est le contraire. À moins, nous a-t-on dit, qu'elle ne soit intervenue sur le trajet. Auquel cas ni l'un ni l'autre ne se sent concerné. Puisque le sanglier meurtrier est identifié formellement et qu'il court toujours, le sort du corps de papa ne les intéresse pas. Ils ont d'autres chats à fouetter. C'est ce qu'a dit le commissaire d'ici à un cadre de Fabert qui me l'a rapporté. Et devant moi et ma mère, il fait l'hypocrite, comme s'il avait perdu un ami de longue date.

Je ne suis pas étonné. J'imagine tout à fait Saint Antoine dans ce rôle.

— Faut avouer que ça n'est pas banal.

— Certes ! Mais est-ce une raison ?

Momo, en arrivant, fait diversion. Il s'excuse sans trop en faire. Il a été retenu par la police en qualité de témoin, à propos d'une bagarre qui vient de se dérouler dans l'hôtel où il habite. Un des protagonistes a été balancé du quatrième pour s'écraser sur le pavé. Il a juste entendu un cri et vu le bonhomme passer devant la fenêtre de sa chambre. Scène de la vie ordinaire. Pas de quoi en faire un fromage mais contrariant quand même quand on a la ponctualité gravée dans ses gènes. Je lui résume la situation et en cinq minutes, il en sait autant que vous et moi. Je ne décèle pas, à l'expression de son visage, un enthousiasme débordant. Pour gagner du temps et avoir l'air de considérer l'affaire importante, je demande à Jessica de me préparer un topo précis du timing des deux jours de funérailles en me décrivant chronologiquement les faits tels qu'elle les a vécus. Ma nouvelle cliente me promet ça pour cet après-midi. Elle va rentrer chez elle et réunir tous les éléments qu'elle pourra. Je la raccompagne à sa voiture, lui ouvre sa portière – service trois étoiles depuis que j'ai un vrai bureau – mais une question me titille (j'aurais pu écrire « me brûle les lèvres » pour rajeunir mon lectorat) :

— Au fait, comment êtes-vous parvenue jusqu'à moi ?

— C'est justement le commissaire de Vitry, Saint Quelque chose, qui m'a conseillée de m'adresser à vous.

Il n'en rate pas une, le vieux. L'art et la manière de se débarrasser de la patate chaude. Je la regarde partir en évitant de lui faire des petits cœurs avec les doigts et rentre rejoindre Momo qui se fait un café.

— T'en veux un aussi ? qu'il me propose.

— Volontiers !

3

Par où commencer ?

Le café ingurgité, on se regarde, perdus dans nos réflexions.

— T'en penses quoi ? attaqué-je.

— Pas grand-chose. Rien de bon, en tout cas. Sauf que c'est bizarre que le commissaire prenne ça à la légère.

— Pas tant que ça puisque c'est lui qui nous a envoyé la fille.

— Raison de plus !

Il n'a pas tort. C'est pas le cadeau du siècle. Momo commence à penser tout haut, un peu comme le lama dans *Tintin au Tibet,* sauf qu'il reste assis sur sa chaise :

— Quel intérêt de voler un corps comme ça ?

— Je ne sais pas. Pour les organes, peut-être…

Je me rends compte en prononçant ces paroles de la connerie que je viens de dire.

— Les organes ? Après le traitement du corps par les pompes funèbres ? Pour en faire quoi ? Des pendentifs ?

— Oui, tu as raison, ça m'a échappé. Je ne pige pas non plus. Je n'arrive pas à me mettre dans la tête de ceux qui ont fait le coup. Et comment ont-ils fait ? Pourquoi prendre de tels risques ?

— Je ne connais pas les risques réels à enlever un macchabée. Ils ne doivent pas être formidables, vu la réaction des keufs.

— Bon, on va quand même interroger notre généreux bienfaiteur. Il aura sans doute quelques explications. Et le mieux, ensuite, sera d'attendre le topo chronologique de la fille pour voir où il y a des trous.

En disant ça, j'attrape mon téléphone et sollicite une audience auprès du vieux. Il doit savoir exactement ce qu'on lui veut car il ne lutte même pas :

— Arrivez. Et vite, j'ai réunion dans moins d'une heure.

Dans moins d'une heure, il sera midi. Mais il nous faut moins de dix minutes pour toquer à sa porte. Open bar, ce matin, au commissariat. Pas de planton à l'accueil. Pas de filtre. J'entends des bruits de verres dans la salle de réunion juste derrière le hall. Pépère en sort en rigolant. Sans doute voulait-il anticiper notre arrivée. Raté ! Son verre à la main lui interdit toute explication dont, ordinairement, il a le secret.

Il se justifie donc :

— On fait une petite fête car le commissariat vient d'augmenter sa note annuelle au tableau national.

— C'est-à-dire ?

— Vous ne pouvez pas comprendre. Pour nous, c'est un peu comme une étoile au Michelin.

En expliquant, il nous précède et une fois sa double épaisseur de porte refermée, son bureau nous mure dans un silence de cathédrale. Il est vraiment très gai. Ça doit être quelque chose que ce tableau d'honneur !

Il tapote le bras de Momo :

— Fais pas cette tête d'enterrement, André, y a pas mort d'homme.

Et se reprend aussitôt :

— Bon, vous voulez quoi ? C'est à propos de Dumortier, je parie…

— C'est exactement ça, commissaire. Nous venons de quitter la fille de la victime qui nous a fait part de cette histoire incroyable.

— Vous avez raison, c'est incroyable !

— En passant, merci de nous refiler le bébé ! Qu'est-ce qui s'passe ? Pourquoi avez-vous si vite laissé tomber ?

— Parce qu'on a vraiment d'autres choses à faire dans le coin. Et qui vous dit qu'on a laissé tomber si vite, comme vous dites ?

— Ben le truc a eu lieu avant-hier, et hier, quand elle m'a appelé pour prendre rendez-vous, l'affaire était classée à votre niveau.

Il pose son verre, regarde ses pieds, réfléchit et se racle la gorge. Il va parler :

— On a fait vite, c'est tout ! La famille a été interrogée, les pompes funèbres aussi, et il est impossible que la substitution ait eu lieu à Vitry. Impossible !

— Comment pouvez-vous en être sûr ?

— La procédure a été respectée d'un bout à l'autre de la chaîne locale. Le corps a été exposé dans son cercueil pour la première partie des obsèques. Le cercueil a été scellé puis pris en charge aussitôt pour être livré au confrère dans le Rhône. Il fallait qu'il y soit avant la cérémonie d'enterrement qui était programmée pour le lendemain en fin de matinée, à l'arrivée du car des invités. Le convoi est donc parti avec deux chauffeurs, deux anciens de la maison, en milieu d'après-midi. Il n'y a eu aucun temps mort propice au remplacement du corps par des sacs de sable. C'est forcément à Bron, dans la nuit, chez le confrère, que ça s'est passé. Donc c'est du ressort des collègues lyonnais.

— Vous êtes certain de tout ça ?

— Absolument ! Comme je suis certain que vous allez me mettre en retard. Mais vous avez l'affaire, maintenant, alors faites votre boulot. Allez vous renseigner aux pompes funèbres. Profitez-en, ils sont dans leurs petits souliers. Ce genre de fait divers la fiche mal dans la corporation.

Je sens qu'on va l'énerver en insistant. J'aurai sûrement besoin de lui. Je joue l'apaisement :

— Juste une dernière question, un conseil même : vous qui avez bourlingué, avez-vous une idée de la raison pour laquelle on aurait dérobé ce corps ?

Il aime la flatterie et baisse la garde :

— Là, je suis sec. On a aussi essayé de comprendre, vous pensez bien ! Il n'avait même pas une seule dent en or. Pas de prothèse en platine non plus. Et le corps avait été traité avant l'enlèvement. On a réfléchi, mais rien n'est venu. À part pour demander une rançon… Mais ce serait déjà fait !

— Bon, merci, commissaire, on va attendre les éléments que doit nous fournir mademoiselle Dumortier. Vous le connaissiez ce Dumortier ?

— Oui, vite fait, comme ça. Il nous est arrivé de faire, dans la grande salle de réunion de chez Fabert, des concertations « sécurité » avec le tissu industriel local… Un gars sympa… De là à dire que je le connaissais… Je savais qui c'était, point barre.

On le quitte, pas bien avancés mais soulagés, en lui serrant la main. Le vieux nous a assurés pouvoir compter sur lui : « Dans la mesure du raisonnable, bien sûr. »

Comme il est midi et que nous n'avons rien d'autre à faire que d'attendre le topo de l'héritière – qui n'héritera pas de l'entreprise, son père était directeur général mais pas propriétaire de la boîte –, nous rejoignons René qui doit s'inquiéter de ne pas nous avoir vus ce matin.

René inquiet, ça se saurait. Il est déjà attablé devant une assiette contenant de la tête de veau ou des tripes, je ne sais pas. Les revisitations chinoises de nos cuisines traditionnelles de banlieue nécessitent encore quelques réglages.

— J'ai commencé sans vous paske je vous voyais pas arriver et qu'y avait plus qu'un seul plat du jour.

Tant mieux, ça nous évitera de tomber dans ce piège culinaire. On s'installe. On commande. Steak frites. On évite l'aventure. Faut laisser du temps au nouveau cuistot pour les choses plus complexes. On en a le parfait exemple sous les yeux… et sous le nez… Ça pue l'aigre, ce truc. L'attablé, qui sauce son assiette, nous demande ce qu'on fait en ce moment. Depuis qu'on est comme qui dirait associés, Momo et moi, il fait ostensiblement la gueule et mine de ne s'intéresser que de loin à notre sort. « Vos trafics, je m'en lave les pognes », qu'il nous a sorti il n'y a pas longtemps. En réalité, il est jaloux. Et ça se ressent, en bien, dans son boulot sur lequel il compense. Je lui résume quand même l'affaire. Il se marre :

— Des sacs de sable ? Il va avoir l'air fin, vot' client, le jour de l'érection !

— En attendant la résurrection, t'en dis quoi ?

Toujours lui demander ce qu'il pense car, malgré un cheminement mental aléatoire, il lui arrive souvent d'avoir de bonnes idées. Nos steaks arrivent. Cuits vapeur. Momo hésite à attraper le serveur par le bras puis renonce. Inutile. René lorgne nos assiettes :

— Du pot-au-feu avec des frites, pas con ! Bon, j'en dis quoi… Tu veux que j'en pense quoi ? J'en sais rien, moi, je suis technicien de maintenance, pas détective.

Et vlan, Prends ça dans les dents.

— Mais encore ?

— J'en pense qu'enterrer quatre-vingts kilos de sable ou quatre-vingts kilos de macchabée, le boulot est le même et le résultat aussi. Une fois l'caveau refermé, c'est du pareil au même. Ni vu, ni connu, j't'embrouille !

Comment lui donner tort ? Mais on n'est pas avancés. Il continue :

— Mais quand même, c'est bizarre c't'histoire. Les gus qu'ont fait l'coup, ils se sont donnés beaucoup d'mal. Pourquoi ?

— Justement, c'est la question qu'on se pose.

— Moi aussi ! On a analysé l'sable ?

Quelle drôle d'idée ! Je réfléchis… Après tout, ça ne serait pas idiot dans ces circonstances. Je ne pense pas que les flics, qui se rejettent la balle et les sacs de sable, aient pris cette initiative.

— Pourquoi tu demandes ça ?

— J'en sais rien. Mais comme ça ne tient pas debout, faut bien trouver un motif à tout ce boulot. Ça s'rait un moyen comme un autre de transporter discrétos un trafic quelconque. Moi, j'ferais comme ça. Je fourguerais l'industriel dans un élevage de cochons et je ferais voyager ma came incognito. Un cercueil plombé, on n'en fait pas l'inventaire. Et une fois en place, c'est facilement accessible.

Je l'écoute sans grande conviction mais je me rappelle ce que me rabâche le commissaire : « Fermer une à une toutes les pistes. » Je note donc de proposer cette analyse au vieux. Les steaks bouillis sont passés tout seuls. Merci, René ! Le dessert du jour : tranche napolitaine. Il n'y a plus que dans ce genre de rade qu'on trouve ça. Je ne pensais même pas que ça se fabriquait encore. On passe directement aux cafés. Sauf René qui réclame du fromage pour finir son pain. Il n'est pas déçu de voir arriver un « P'tit Louis » pour môme avec son café.

4

On nage dans le potage

René est reparti répartir ses caddies et, nous, on attend nos deuxièmes cafés et l'addition. Va falloir que je calme ma conso. J'en suis à cinq ou six depuis ce matin. Momo, le regard dans le vide, farfouille dans ses pensées qu'il finit par exprimer à haute voix :

— Dans le contexte, c'est pas con ce qu'a suggéré René. Comme il dit, cette histoire ne tient pas debout, alors faut rien négliger.

C'est le moment que choisit Vaness' pour se pointer. Elle est avec son petit subordonné, Romain, qui fait de plus en plus (trop) souvent équipe avec elle. Un sournois ce mec. Je l'observe quand je les croise en patrouille. Souvent, il fait mine de s'intéresser à une vitrine ou une bagnole en stationnement juste pour se retrouver derrière elle et mater son cul. C'est humain, je fais pareil. Mais moi, c'est moi. Faut croire que ça la flatte car ça n'a pas pu lui échapper. Le fourbe reste en retrait et nous adresse un vague salut.

— Je te cherchais, qu'elle me dit en se relevant après avoir bisé Momo. En même temps, je savais bien où te trouver à cette heure-ci.

— Que nous vaut la visite des forces de l'ordre ?

— Tu as perturbé le commissaire. Juste avant son déjeuner, c'est pas trop à faire. Mais bon… bref, voilà.

Elle me tend une clé USB et m'annonce :

— Il m'a chargée de collecter tout ce qu'on avait à propos du mort disparu. Il y a tout : autopsie, dépositions des services de pompes funèbres, etc. Tu vas pouvoir t'amuser.

Je saisis la clé, fais mine de l'examiner à contre-jour, prends un air perplexe :

— Vous n'avez pas analysé le sable ?

Ça fait son effet, ça décontenance. Elle me regarde, éberluée.

— Ben… non, j'ai rien trouvé à ce propos. Mais comment tu sais ?

— Le privé aura toujours une longueur d'avance sur la fonction publique. C'est comme ça, cherche pas à comprendre.

— Arrête de me charrier ! Pourquoi tu demandes ça ?

— Parce que l'idée m'est venue à l'esprit. Et je suis étonné que ton patron ne l'ait pas eue aussi.

— C'est saugrenu et, de toute manière, l'affaire concerne les collègues de Lyon.

— Qui ne l'ont pas eue non plus, l'idée.

— … Non… Je t'ai sorti tout ce que j'ai trouvé au fichier national et on ne parle de ça nulle part.

— Tu vas lui demander, si c'est encore possible, de faire analyser ce sable. J'imagine qu'il est sous scellés?

— Je n'en sais rien et tu me gonfles. Tu rentres tard?

— Pas trop…

— Eh ben moi non plus, on parlera de tout ça ce soir. Ça nous fera un sujet de conversation.

Vexée, elle tourne les talons. Son adjoint mateur lui emboîte le pas aussi sec. Comme je n'aime pas les temps morts dans mes bouquins, mon téléphone vibrouille sur la table. C'est Jessic' qui succède à Vaness'.

— J'ai noté tout ce que vous m'avez demandé. Vous êtes à votre bureau?

— Non, sur le terrain. Je viens de rendre visite au commissaire et il m'a communiqué les éléments qu'il avait en sa possession. Pas grand-chose.

— J'ai tout écrit manuellement mais je peux passer vous déposer…

— Vous avez un scanner?

— … Oui…

— Vous me scannez ce que vous avez écrit, on gagnera du temps. Je retourne au bureau.

— Comme vous voulez. Mais on n'a pas parlé de vos honoraires…

Et voilà comment un mort décote vite. À la réflexion, faut peut-être pas trop s'emballer. Je suis mauvaise langue.

— Ne vous inquiétez pas, je pratique toujours le juste prix et ne facture jamais rien sans résultat concret.

Momo, qui n'a rien raté de la conversation, est déjà debout. Je me lève aussi et on retourne au bureau. Quelle fierté pour moi que de pouvoir, au bout de douze bouquins, employer ce mot de « bureau »! Félicité, ma voisine africaine, est toute triste de me voir, dorénavant, qu'aux heures de travail. Elle aimait bien que je sois à côté de chez elle le soir. Ça la rassurait. Son mari est de moins en moins présent. Peut-être a-t-il trouvé un nid supplémentaire à occuper. Ça ne m'empêche pas, de temps en temps, d'accepter des invitations à dîner et de venir voir grandir ses deux gamins. L'adolescence étant passée par là, le plus grand a perdu toute l'énergie qui faisait de lui la terreur de notre copro. Le second est encore môme mais il ne veut surtout pas que ça se voit. Il est justement dans la cour, entre ma mini-véranda d'entrée et l'enfilade de garages loués à des voisins par un des copropriétaires qui a eu le nez creux en se faisant attribuer la bande de terrain inutilisée sur l'arrière du bâtiment pour la rentabiliser. Le fiston est en train d'arroser, avec une bouteille d'eau en plastique dont il a percé le cul de petits trous pour en faire un arrosoir – l'ingéniosité africaine –, une sorte de bac à fleurs rempli de terreau.

— J'essaye de faire pousser de la beuh. Un copain du collège m'a donné des graines.

— Donné ? m'étonné-je.

— Oui… enfin, non… vendu. Dix euros les dix graines.

— C'est précis. J'espère qu'il ne t'a pas refourgué des graines de persil. À ce prix-là…

Il hausse les épaules. Comme on est en confiance, il ajoute :

— Quand ça aura poussé, si t'en veux un peu…

— Si c'est du persil, je ne dis pas non.

Mon collègue manchot, peu sensible au maintien des bonnes relations avec le voisinage, m'attend devant la porte. Il a sa clé, le bougre, mais jamais, au grand jamais, il ne l'utilisera quand je suis avec lui. J'ouvre et, comme à chaque fois, j'ai une sorte de sursaut d'orgueil en rentrant et en me retrouvant dans ce lieu bouleversé. On s'installe et j'allume l'ordi avant d'aller pisser. Le café, je vous dis. Faut que je ralentisse. Je ne sais pas si c'est mon fournisseur d'accès ou quoi, mais aller me soulager ne m'a fait perdre aucun temps. Un sablier, au milieu de l'écran, m'annonce qu'il va se passer quelque chose incessamment. Ce qui ne manque pas : mon fond d'écran affiche les icônes de mon bureau, incrustées sur une image montagnarde que j'ai rapportée de mes dernières vacances. Tout en branchant la clé USB de Vaness', j'ouvre mes mails. C'est peut-être beaucoup demander à un ordi de la génération du mien. Mais il supporte. Me demande le mot de passe de ma boîte tout en me proposant d'ouvrir les fichiers de la clé. Je commence par le courrier. Les explications promises par Jessica sont bien là. Je double-clique sur la pièce jointe et j'imprime les deux feuillets qui la constituent. Le mail est très protocolaire : « *Je vous prie de trouver ci-joint…* » et signé : « *Mlle Dumortier* ». Mon imprimante crache une première feuille A4 couverte de la très jolie, mais assez juvénile, calligraphie de ma cliente. Momo, impatient, cueille le papier avant qu'il ne retombe dans le bac de réception. La deuxième page suit le même chemin mais ne comporte que quelques lignes. Je n'ai que le temps d'admirer l'écriture. Ça aussi, chez une femme, ça cause, ça reflète, l'écriture ! Enfin moi, en tout cas, j'y suis sensible. J'y décèle instinctivement une personnalité qui n'est pas forcément évidente à établir sinon. Là j'ai eu le temps de rien. Je me concentre donc sur les fichiers de la clé, pendant que mon pote examine le contenu du rapport manuscrit. Je reconnais le style « Vanessa » : tout est clean, classé en dossiers, sous-dossiers et, voire, sous-sous-dossiers. Mais le plumage est plus riche que le ramage. Il n'y a pas grand-chose de concret. L'autopsie confirme ce que je savais déjà et n'apporte rien si ce n'est la certitude que le meurtrier était bien un sanglier. L'ADN du bestiau a même été établi, des fois qu'il se ferait coincer lors d'un contrôle routier. Le déroulé des faits me semble logique et complet, ainsi que le compte rendu de l'audition des pompes funèbres qui ont bien scellé le cercueil, comme c'est la règle, juste avant la cérémonie religieuse de Vitry. Puis aussitôt, il a été embarqué dans le corbillard pour être livré par deux convoyeurs, tous les deux anciens de la boîte, chez les collègues de Bron qui devaient assurer la suite des opérations. Aucun temps mort, aucun abandon provisoire qui aurait permis la substitution. Les deux convoyeurs ont été interrogés séparément et aucune divergence ne ressort de leurs témoignages. Ils sont d'accord sur tout : les horaires, l'aire d'autoroute sur laquelle ils ont fait l'unique pause. Je m'intéresse plus particulièrement à cet arrêt. Je suis heureux de constater que le flic qui a conduit l'audition a posé les bonnes questions : « Cette aire avait-elle été initialement prévue pour votre arrêt ? » Les deux ont répondu : « Pas du tout.

On savait qu'on allait devoir s'arrêter pour souffler un peu et manger un morceau mais rien n'était décidé au départ. On s'est arrêté quand on était fatigués de rouler et qu'on avait un peu faim, presque arrivés à destination. » Un chauffeur assurait l'aller et le second a conduit au retour, prévu le soir même. Je vérifie sur le Net la localisation de l'aire décrite. Il s'agit de celle de Mionnay, sur la portion de contournement de Lyon, à une petite trentaine de kilomètres de la destination finale, à Bron. Je ne trouve aucune trace d'investigation à propos de cet arrêt. Je note cette constatation sur un bloc de papier. Le colis a bien été livré une demi-heure plus tard et les deux livreurs sont repartis aussitôt dans le sens inverse. J'ai aussi un sous-dossier relatif à l'audition du responsable des pompes funèbres du Rhône. Il confirme et la réception du cercueil et l'horaire, précise que le cercueil était bien scellé et qu'il a été entreposé pour la nuit dans un local frigorifié et sécurisé. D'où il a été récupéré le lendemain matin pour la dernière partie du parcours, jusqu'au cimetière. Il est formel : aucune possibilité d'y accéder sur tout le temps qu'il a passé chez lui. Sa chambre froide est un vrai coffre-fort. Le reste ne m'apprend rien. Du blabla administratif destiné à faire ronfler le travail des divers intervenants sur le dossier. Momo, de son côté, a aussi terminé l'analyse du compte rendu de Jessica Dumortier. Il m'interroge du regard. Je hausse les épaules. Il me répond pareil.

— T'as quelque chose ? qu'il finit par me lâcher.

— Rien de plus. Sauf un truc qui me tracasse. Ils se sont arrêtés pour dîner sur une aire et je n'ai pas l'impression que les flics se soient intéressés à ce moment précis du trajet. En somme, si, comme ils le prétendent tous, il était impossible de coller des sacs de sable avant d'embarquer le cadavre, je ne vois que là où il a pu se passer quelque chose. Et toi ?

— Rien non plus. La môme s'est juste contentée de nous écrire ce qu'elle t'a déjà raconté. Elle a juste ajouté un peu de « dissertation » pour faire du volume mais c'est sans intérêt. Il ressort quand même que depuis la mise en bière, il y a toujours eu quelqu'un pour se recueillir près du cercueil. Ça pourrait donc confirmer ton impression à propos de cette escale autoroutière.

J'ai comme une envie de tout laisser tomber. Après tout, il n'y a pas mort d'homme dans cette histoire. C'est fâcheux, certes, mais, au fond, tu retourneras poussière, comme dit l'autre. Poussière ou sable, quelle différence ?

5

Scène de la vie ordinaire

Comme il faut bien faire quelque chose en attendant la fin de la journée, je consigne mes réflexions au propre et je regroupe toutes les pièces dans la chemise en carton dédiée à cette affaire. Au stade où on en est, il ne ressort que deux pistes à creuser : l'analyse du sable, sur laquelle je ne compte pas trop pour nous révéler quoique ce soit, et voir si on peut trouver quelque chose à propos de cette pause sur l'aire d'autoroute. Battons le fer tant qu'il est chaud. J'appelle le vieux. Il va m'être utile. D'abord, lui donner une bonne impression. Qu'il n'ait pas le sentiment que j'ai besoin de lui. L'enfariner. C'est la recette.

— Commissaire, je voulais vous remercier pour cette clé que vous m'avez fait passer par votre lieutenante.

— Quand on peut aider…

« Sans que ça ne coûte rien », complété-je dans ma tête.

— Vous n'étiez pas obligé. Mais ça va beaucoup m'aider…

Inutile de lui dire que j'ai déjà tout décortiqué en vain. Sauf cette histoire d'aire d'autoroute où je veux le mener subtilement. Il s'impatiente :

— Bon, ben… de rien. J'ai à faire…

— Attendez, commissaire ! Juste un détail, vous pourriez m'avancer nettement…

— Dites toujours !

— Je sais très bien que ce n'est pas de votre ressort. Et je sais aussi que si ça l'avait été, vous n'auriez pas négligé ce détail…

Toujours le flatter, ensuite, ça coule tout seul.

— Dites, je vous dis ! Et vite, s'il vous plaît, j'ai une journaliste du bulletin municipal qui m'attend pour faire un article sur nos beaux résultats.

— J'ai vu, dans le rapport de vos collègues de Bron ou de Lyon, que les convoyeurs avaient fait un arrêt sur une aire d'autoroute un peu avant d'arriver à destination.

— Ah oui, c'est possible. Et ?

— Savez-vous si vos collègues ont fait des recherches de ce côté-là ?

— Pour quoi faire ? Pour savoir s'ils ont pissé, fait le plein ou bouffé ?

Je lui en remets une dose :

— Je suis sûr que si ça avait été dans votre champ d'action, vous auriez au moins exigé de voir s'il existe une vidéosurveillance pour essayer d'en savoir plus à propos de cette étape. Connaissant votre sérieux professionnel et votre art de ne négliger aucune piste…

Là, forcément, il lâche le frometon.

— C'est sûr ! Bon, pour être honnête, je vous ai envoyé tout ce qui était en ligne dans ce dossier sans vraiment prendre connaissance des détails. C'est la petite qui a tout mis sur la clé. Ça m'avait échappé cet arrêt pipi. Où vous dites que ça a eu lieu ?

— Sur l'A46, juste trente kilomètres avant l'arrivée.

— Je me renseigne et je vous rappelle. Vous voudriez quoi exactement ?

— Voir les bandes-vidéo sur le temps où les chauffeurs disent s'être arrêtés.

— M'étonnerait que mes collègues obtempèrent facilement. Surtout si l'idée vient de moi. S'ils n'y sont pas allés, c'est que ça ne les intéressait pas. Et ils ont raison. On ne va pas monopoliser toutes les forces vives de la Nation pour un cadavre qu'on s'apprêtait à filer aux asticots. Mais je vois et je vous rappelle.

Il raccroche. Sèchement comme à son habitude. Mais je sais, et vous aussi depuis le temps, qu'il tient toujours parole. Je referme mon dossier en carton et… Merde, j'ai oublié de lui parler du sable ! Vaness' l'aura peut-être fait. Je le saurai tout à l'heure. En attendant, je suggère à Momo de le ramener à son hôtel. Il regarde sa montre mais comme il n'a rien de mieux à proposer, il se lève et enfile son blouson. Jessica appelle pour savoir si j'ai bien reçu son scan. J'aurais dû accuser réception. Ça se fait. Mais je néglige toujours ces trucs qui me paraissent inutiles. Momo a la main sur la poignée de la porte quand je lui confirme être justement sur son document et que je l'en remercie, fermement, avant de raccrocher. Ce qui est bien quand mon manchot m'accompagne, c'est qu'il fait peur à la voisine. Une superstition, sans doute. Elle se terre, et c'est à un léger mouvement du rideau de sa cuisine que je vois qu'elle nous observe. J'évite ainsi une sollicitation. Son fiston est toujours en train de surveiller sa plantation. Au moins, ça l'occupe. À force de tomber par hasard sur des documentaires botaniques en accéléré sur Arte, il doit penser qu'il va voir la tige sortir de terre et lui offrir, dans la foulée, une première récolte. Ça croit tout, les mômes. Et pas qu'eux. On s'engouffre dans la voiture et je démarre. L'Hôtel de la Gare est, comme son nom l'indique, juste derrière la gare et presque sur mon trajet pour rejoindre Choisy par les quais. Il est encore tôt et j'arrive avant le *rush*. Je trouve même, au comble du bonheur, une place pour stationner au bas de l'immeuble de Vanessa. Du nôtre, dorénavant. Deux emplacements derrière la 208 de ma fliquette. Elle m'a donc précédé. De peu puisqu'elle est encore sur le trottoir à discuter avec le patron des pizzas à emporter qui m'alimentent en cholestérol. Un jeune rebeu sympa qui se fait appeler Gino pour mieux coller à son enseigne. J'ai quand même l'impression, à ses regards de merlan frit (ça vous rajeunit pas, cette expression, hein ?), qu'il la draguote un peu. Il lui promettrait un supplément « merguez » que ça ne m'étonnerait pas plus que ça. Las, c'est toujours ainsi quand vous avez le bonheur de donner envie. Faut s'y faire. Je m'y fais mal. Mon arrivée le pousse à reculer d'un demi-pas. Pas que je l'impressionne, mais la culpabilité… Ma copine surjoue un peu le plaisir de me voir radiner et m'entraîne dans le hall. À peine si j'ai eu le temps de serrer la paluche de mon rival aux doigts enfarinés. Je dois rester courtois. Il aurait beau jeu de me coller de l'arsenic entre deux rondelles de tomate artificielle.

— Putain, il me lâche pas, le Gino ! Si j'arrive avant l'heure où il est devant son four, je n'y coupe pas. J'en ai profité pour commander pour tout à l'heure. Je lui ai dit que tu descendrais vers dix-neuf heures trente. Je t'ai pris une savoyarde, ça ira ?

Je me marre en pensant à l'étiquette « Viande hallal » affichée sur sa vitrine. Car c'est bien du jambon fumé qu'il colle dans ses savoyardes. Sûrement pas de Savoie, pas plus que le frometon d'ailleurs, et certainement pas hallal.

— Oui, c'est parfait, merci !

J'ai fait des progrès. Je me sens de plus en plus chez moi. Je cotise au loyer, ça me légitimise. Je prends mes aises, j'ouvre le frigo sans demander la permission, j'ai installé une machine à café. Une vraie.

— T'as eu le temps de regarder ce qu'il y avait sur la clé de Théo ?

— Oui, largement, je n'ai eu que ça à faire.

— C'est quoi cette affaire exactement ?

Je lui raconte l'histoire pendant qu'elle se déshabille. J'en suis à la moitié quand elle entre sous la douche. Le bruit de l'eau m'empêche de poursuivre. Je me déshabille à mon tour et la rejoins. La routine, quand on rentre du taf en même temps. Je ne me sens pas super en forme mais quand elle prend l'initiative de me savonner (des fois que je bâclerais), les choses reprennent leur place, si je peux dire. Une perfectionniste du nettoyage qui me prive de toute neutralité. Je ne vous raconte pas la suite, vous me jugeriez mal. Seulement vous dire que tout se passe sous la douche. Debout, face à face, dos à face, face à dos, dos à dos, à genoux, tout y passe sauf le poirier. Il n'y a que le tête-bêche qui manque à l'appel. On en ressort mouillés et… essorés. Lessivés. Encore une heure avant d'aller chercher la pizza. Ça va être long. Je gargouille. Je continue ma narration mais elle s'en désintéresse complètement. Elle écoute quand même d'une oreille distraite.

— Tu lui as parlé de l'analyse du sable ?

— Oui, il a haussé les épaules mais a bafouillé : « pas con ». Par contre, ton histoire… Je me demande où ça va te mener. Tu n'as pas autre chose ?

— Non, et il faut que je nourrisse Momo.

— Tu as une idée du pourquoi du comment ?

— Du comment quoi ?

— Pourquoi on aurait enlevé le macchabée. C'est incroyable cette histoire !

— Aucune idée, mais il a bien été enlevé. Il doit y avoir une raison. C'est pour la trouver que la famille me paye. Et pour retrouver le bonhomme aussi si c'est possible.

— Et tu vas t'y prendre comment ?

— Si je le savais ! J'attends des nouvelles de ton patron.

— N'attends rien avant lundi. Il est parti dans le Berry à une cousinade. Les Saint Antoine se réunissent chaque année et, chaque année, il y en a de plus en plus.

— De toute façon, demain, c'est samedi.

Voilà, comme ça, vous savez quel jour on est. Pour certains, je sais que c'est important.

6

Interlude

Je vous propose un truc : ne pas vous embêter avec mon week-end en famille. Elve grandit, ma mère vieillit. Nos dimanches se succèdent et se ressemblent. Vaness' s'investit de plus en plus. C'est peu dire qu'elle a été adoptée par ma mère et ma fille. Au début, ça me gênait un peu. J'avais l'impression d'être emprisonné par ma vie privée. Celles et ceux, parmi vous, qui me font l'amitié de suivre mes affaires matrimoniales savent à quel point je suis un indécis. On ne peut pas compter sur moi. D'un côté, une mère, une fille, une compagne au grand jour. Et dans l'obscurité de ma vie, un fils et ses mères que je vois en cachette. Pour Enzo, depuis que Vanessa a découvert le pot aux roses[2], c'est devenu plus simple. Je le vois en me cachant moins, en mentant moins. Il grandit aussi, le bougre. Sa grand-mère et sa sœur ignorent son existence.

2. *Voir* Descente à Ménilmontant, *même auteur, même collection.*

Et plus le temps passe, plus ça va devenir compliqué. Profitons également de cet intermède pour vous raconter la strate supplémentaire à mes secrets de famille.

Carolina, pour celles et ceux qui suivent, ne parvient pas à tomber enceinte. Pourtant, j'y mets de la conviction, croyez-moi ! Là aussi, ça devient très très compliqué. Au début, je m'auto-persuadais que je rendais simplement service. Qui ne rendrait pas un tel service ? Et puis je me rends compte que l'adage qui prétend que l'appétit vient en mangeant peut être généralisé à d'autres domaines que la gastronomie. Carolina, ainsi qu'elle me l'avait promis, n'a jamais fait semblant. Je sentais bien quand même au début une retenue significative dans son enthousiasme sexuel. Retenue significative qui, au fil de nos « séances », a laissé place à une envie non moins significative. Elle en demande et en redemande. D'ailleurs, ça commence à poser un problème à Monique qui est passée de consentante à observatrice, puis d'observatrice à, ça ne devrait plus tarder, opposante. Le désir d'un second enfant n'était pas censé passer par une si longue période de conception. Pour tout vous avouer, je me réjouis assez que ça ne fonctionne pas, mais je commence à ne plus savoir où donner de la tête (et pas que) sentimentalement. Ça s'embrouille. Si je savais ce que ce mot veut dire, je culpabiliserais. Mais mon esprit est fait de cloisons tellement étanches qu'il faut que je prenne du recul pour analyser la situation. Je dois être un bipolaire du sexe. Vous aussi, vous vous dites ça ? Ça me réconforte. C'est toujours rassurant de ne pas être seul au monde.

Je résume : chaque dimanche, je vois ma mère et ma fille avec Vanessa. Je vois Enzo, souvent le mercredi depuis qu'il est entré à la maternelle, avec l'accord pas très franc de Vanessa, mais sans que ma mère et ma fille ne soient au courant de son existence. Et je tente de faire un petit frère ou une petite sœur à ce même Enzo sans en informer personne d'autre que ses deux futures mères. Vous suivez ? Avec Carolina, vu la pudeur que vous me connaissez, je ne peux pas trop détailler. Par respect. Mais c'est très bien, et même de mieux en mieux. Au début, nos séances étaient essentiellement conceptuelles. Puis, voyant que ça ne fonctionnait pas, la très belle Caro a commencé à se décourager et a parlé d'abandonner. On a arrêté quinze jours avant qu'elle ne change d'avis en proposant de « nous donner encore une chance ». Le « nous » m'a un peu gêné mais au point où nous en étions… Maintenant, je suis persuadé que l'objectif, toujours en vigueur, est devenu secondaire. Il nous arrive même de nous voir sans que Monique en soit informée. C'est chaud. Rien que d'en parler, ça me colle une boule au ventre. La seule excuse que je me trouve, c'est que je n'ai qu'une femme et une seule maîtresse. Ce qui n'était pas le cas, souvenez-vous, quand je n'avais que des maîtresses. Je peux donc me rattacher à une forme d'évolution vers la normalité. Plus que deux compartiments dans mon cerveau. Les cloisons ayant sauté, ça agrandit les pièces.

Puisque nous sommes dans la confidence, plus aucune nouvelle de Brigitte. Arcachon l'a digérée.

Avec Jocelyne, évidemment, on communique, puisque c'est la mère de mon frère (quelle drôle d'histoire !) mais tacitement, on fait tout pour s'éviter. Je sais que c'est fragile et qu'il ne faudrait pas que l'occasion se présente. Les deux cents kilomètres qui nous séparent, aident. Bon, on peut reprendre l'histoire ?

7

Cap au Sud

Le lundi a ceci de bien, dans mon activité comme dans la vôtre, c'est qu'il redonne une virginité à tout. Comme la nuit, dans une certaine mesure. Momo, René et moi à notre table, Félix, le patron du troquet, à la sienne. Il surveille, il dirige, il télécommande. Un seul regard et les choses bougent. Comme si une relation télépathique ou Wifi existait entre lui et ses loufiats. Étonnant ! Le management par la pensée. Pour l'instant, ça ne s'affole pas. L'Inter n'a pas levé ses grilles et le rare public est accoudé sur ses caddies en attendant le top du départ. Des vieux, des vieilles. Surtout des vieux, des vieilles. Toujours les mêmes, tous les jours. En plus, il pleut. Nous sommes les trois seuls clients du rade. Nous avons donc l'avantage d'avoir le garçon de salle à notre entière disposition. Des vrais VIP ! Il se tient debout à proximité de notre table. Pas assez près pour capter les nuances de notre conversation. Sauf quand René s'énerve. Là, ça concerne tout le monde à cinquante mètres à la ronde. Mais pas trop loin, non plus, pour pouvoir répondre à la moindre de nos sollicitations de consommateurs. Le week-end a vraiment été cool et réparateur. Je suis là et je me demande si cette histoire de macchabée est bien réelle. Je n'ai pas encore réintégré le monde qui m'entoure. Vous m'en excuserez. Je ne sais pas trop par où commencer. Et mes deux compères ne m'aident pas. Ils se racontent leurs péripéties dominicales. Je tends l'oreille, bercé par leurs confidences. Je ne dévoile pas, ça ne me regarde pas, je peux toutefois vous en toucher deux mots sans, pour autant, trahir le secret professionnel. René est allé briefer le locataire-Portugais-jardinier de sa nouvelle conquête : Paulette Lescarre[3]. Ils continuent à filer le parfait amour. Le couple (du siècle) envisage même de faire maison commune à Vitry. René y travaille toujours et Paulette se trouve à l'étroit dans son deux-pièces de Ménilmontant. Des travaux de réfection de la salle de bains sont en cours. Par mégarde, en faisant « tu vois c'que j'veux dire », ils ont descellé la baignoire et arraché le tuyau d'alimentation en eau chaude. Ce qui les a aussitôt refroidis à un moment inopportun. Après, ils loueront le deux-pièces. J'en profite pour demander s'il a des nouvelles de la voisine du dessus : Lili Devalbo[4] qui a échappé de peu aux fourches caudines de la justice. Aucune ! Paulette ne lui parle même plus du tout et elle n'a pas l'air d'être bien souvent chez elle.

3. *Voir* Descente à Ménilmontant, *même auteur, même collection.*

4. *Idem.*

Momo est plus avare dans les détails et n'a aucun souci de plomberie avec Hermone Delaunay, sa vieille aristo du parc de Sceaux[5]. Je fais ces références pour ceux qui me suivent mais ça n'a aucune importance dans notre affaire en cours. Ils ont été au restaurant à Bourg-la-Reine et ont promené le chien dans le parc. On ne saura rien des afters. Un discret, ce Momo. Moi, je ne leur raconte rien. Ils savent tout. Je suis en errance dans mes pensées. L'arrivée du commissaire, étonnante à cette heure tardive pour lui et pour un lundi, rompt la monotonie installée. Le bonhomme aime arriver le premier dans son bouclard à fenêtres barreaudées. Il traîne ostensiblement la patte, ceci explique peut-être cela. On reste tous les trois sur nos gardes parce que lorsqu'il est comme ça, c'est comme une bête sauvage blessée. Le mieux est encore d'attendre. Et on n'a pas longtemps à patienter.

— J'étais sûr de trouver la grande équipe au complet ici ! Vous attendez l'apéro ?

Il se fout de nous. Les grilles du magasin se lèvent. Il est neuf heures. Les caddies s'engouffrent en un flot désordonné entre les plots de l'entrée du paradis, sous l'œil du vigile, Raymond, un ancien joueur de football professionnel qui a raté sa reconversion et la postérité. On attend que le bruit de ferraille se calme. Déjà deux vieux s'engueulent. L'un reprochant à l'autre de lui avoir chipé son chariot. Raymond intervient, évitant ainsi un carnage. Le caddie manquant à l'appel est repéré un peu plus loin, devant la boutique de petites culottes. Aucun

5. *Rencontrée dans* Tiens bon l'pinceau, y a des coulures, *même auteur, même collection.*

des deux belligérants ne le revendique. Il est neuf heures, Vitry s'éveille !

Je me lance :

— Dites, commissaire, ça n'a pas l'air d'aller.

— Pour aller, ça va, c'est pour revenir que c'est difficile.

Le voilà qui nous fait du René avec ses phrases qui ne veulent rien dire. On attend les explications.

— J'étais en famille ce week-end. Chez un cousin : un Saint-Antoine avec un trait d'union, lui. Une bizarrerie de l'état civil. Bref, j'ai voulu l'aider à rabattre un vieux cerisier pendant que les autres faisaient un tournoi de pétanque. J'aime pas la pétanque, je trouve ça con et on finit toujours par s'engueuler. J'avais commencé à scier une grosse branche quand les femmes nous ont appelés pour le goûter…

Que c'est mignon, tout ça ! J'imagine tous ces Saint Antoine et Saint-Antoine éparpillés dans une cour de ferme.

Mais écoutons la suite :

— En revenant, j'ai pas fait gaffe et j'ai calé mon échelle contre cette branche. Ce qui devait arriver arriva. La branche a cassé et je me suis retrouvé par terre avec le tout. J'ai passé le dimanche à l'hôpital de Châteauroux. Je ne vous recommande pas. Bilan : fêlure de la hanche et entorse du coccyx. Et je suis pas à plaindre. Le cousin, qui a reçu l'échelle, la branche et moi, est dans le coma. Pas sûr qu'on fera ça chez lui l'année prochaine…

Moi, le malheur des autres, je suis bon public. Je me retiens de rire. Momo aussi se refrène.

Quant à René :

— Ça y apprendra ! La prochaine fois, y fera pousser des fraises, le con ! En plus, y a pas d'noyaux dans les fraises.

C'est René, ça passe. C'est mieux. Le grand Théo, plus « pépère » que jamais, déguste en s'asseyant. Il se relève aussitôt pour fouiller la poche arrière de son futal et en sort un papier plié en quatre.

— Je ne vous ai pas oublié. Voici une sorte d'attestation officielle pour aller voir le gérant de l'aire d'autoroute où se sont arrêtés les deux chauffeurs le jour du transfert. J'ai l'accord des autorités locales, vous n'aurez pas d'ennui. Ils étaient même contents de me refiler le bébé.

Il déplie le papier : une banale feuille A4 avec tampon officiel. Les gens aiment bien les papiers officiels. Ça leur évite de sortir des conneries comme : « Vous avez un mandat ? » Je prends le document en lui présentant mes remerciements et en lui proposant un café. Il accepte les deux.

— Ce n'est pas tout. J'ai demandé aussi l'analyse du sable, c'est en cours. Vous voulez rigoler ?

— Pas de refus !

— Les sacs avaient quand même été confisqués, au cas où. Du coup, pour ne pas retarder la cérémonie, on a provisoirement enterré le cercueil vide et rafistolé avec tout le tintouin habituel : curé, discours, pleurnichages, signes de croix à l'eau bénite, sincères condoléances. Quand je vous dis qu'on est peu de chose…

René a encore son avis :

— C'est con, ça bouffe une place pour rien.

— Te bile pas, si on retrouve le mort, on le remettra dedans.

Le papier me semble bien pour ce que j'ai à en faire. Mais ça veut dire aussi qu'on ne va pas pouvoir éviter une virée sur place. Mon affaire prend une envergure nationale. Devrais-je envisager d'ouvrir une succursale à Lyon ? On n'en est pas encore là. Momo a deviné ou anticipé mes pensées

— On part quand ?

— Vous partez où, les mecs ?

René a du mal avec son cordon ombilical. Il a beau faire le désintéressé avec notre équipe, le naturel revient au galop. On l'ignore. Et puis ma décision est prise : maintenant ! Il n'aura pas le temps d'inventer une excuse pour son patron.

— On passe au bureau, j'appelle le responsable de l'aire pour le prévenir de notre arrivée et être sûr qu'il sera bien là, et on part immédiatement.

Le vieux me retient le bras :

— Je serais à votre place, je n'appellerais personne. L'effet de surprise, il n'y a que ça. Et cela vous évitera de donner des explications. De toute manière, il y aura bien un responsable sur place quand vous arriverez. Pas la peine de lui donner le temps de faire du ménage. Même s'il n'a rien à se reprocher, un témoin non volontaire fera toujours tout pour se montrer le moins intéressant possible. Vous risqueriez une fin de non-recevoir : « Ah que c'est fâcheux, justement, ce soir-là, notre système de vidéosurveillance était en maintenance. »

Il a raison. Il a toujours raison. René regarde partout. S'il n'était pas rouge, on pourrait le comparer à un gyrophare. C'est la panique sous sa casquette.

— Et vous r'venez quand ? C'est con quand même ! Comment vous allez faire si faut cogner le mec pour le faire parler ? Momo, y peut pas et toi… non plus. Sans te vexer, hein, Momo ? Mais cinq bras, c'est mieux que trois.

Saint Antoine se lève avec difficulté, hausse les épaules.

— C'est pas plus mal que tu restes ici, tu seras plus utile.

Nous bénéficions, pile à ce moment-là, d'une aide précieuse des astres : le directeur de l'Inter entre au bar avec une représentante pas quelconque du tout. Comme il n'a d'yeux que pour elle, et c'est justifié, croyez-moi, il ne calcule pas René qui quitte le troquet en rampant presque entre les tables. Je ne voudrais pas faire mon sexiste, c'est pas mon genre, mais je suis persuadé que le recruteur de cette bombe a élargi ses critères aux mensurations de la dame en plus de ses capacités techniques. Je ne sais pas ce qu'elle vend mais, même si ce sont des bottes en caoutchouc, je suis sûr qu'on ne va pas tarder à s'en coltiner une promo en tête de gondole. « Deux bottes achetées, la troisième offerte ». Même le vieux, habituellement si maître de lui en matière d'attraction féminine, fait le détour, en traînant la patte, par le bar. Fatal, le directeur l'arrête : « Ah cher commissaire… Venez que je vous présente… » On est déjà devant ma Ford quand il termine son baisemain. Je ne pense pourtant pas que les courbettes lui soient recommandées. Avant de démarrer, j'envoie un SMS à Van' pour la prévenir qu'on part pour Lyon et que je rentrerai dans la soirée. Peut-être tard. Inutile de lui donner des détails, elle devinera. Je suis rassuré, Gino est fermé le lundi. Je fais le plein à la station. Trente centimes au litre de moins que sur l'A6. Je suis devenu un bon gestionnaire. N7, A86 et A6, un itinéraire de rêve. J'ai l'impression de partir en vacances. Ça roule comme un lundi dans le sens Province. On traverse l'Yonne, la Bourgogne dans une solitude routière. C'est ennuyeux, surtout avec Momo qui, au maximum de la conversation, n'arrive qu'à assortir deux mots. Il est déjà treize heures bien passées quand on passe Chalon-sur-Saône. On va se taper suffisamment d'aires d'autoroute aujourd'hui, alors je décide de quitter l'A6 pour trouver un coin sympa. J'ai raté Chalon, je sors à Tournus. Vu l'heure, on ne va pas être trop difficiles. En plus, Tournus est la ville de France qui compte le plus d'étoilés au mètre carré. Faut pas exagérer, je ne voudrais pas dégrader mes relations inexistantes avec mon contrôleur des impôts en lui donnant motif à l'envie. Et puis ça tombe bien, on est à peine rentrés dans la ville qu'une enseigne nous tente : « La Flambée, grill, pizzeria. » Un restaurant comme on en trouve peu dans nos régions. Une vraie adresse où on devine la clientèle endimanchée, le soir et le week-end. Chez nous, en banlieue, c'est plutôt : « Venez comme vous êtes. » Vaste parking qui se vide. Il est bientôt l'heure de reprendre le boulot pour les habitués. Le serveur très « école hôtelière » qui nous accueille – chez nous, on le confondrait avec un cadre supérieur – ne nous épargne pas le « Vous avez réservé ? » devant sa salle à moitié vide. Un réflexe professionnel.

— Non, on a pas.

Il n'écoute pas, nous invite à le suivre sous une grande pergola couverte et nous installe à une table qui est une vraie table. On a nos aises. Momo file au sous-sol, en passant devant le grill, pour aller pisser. Je prendrai le relais car je ne pourrai pas attendre le café. La carte est déjà d'un niveau supérieur à ce que j'ai l'habitude de fréquenter au quotidien. Mais pas les prix, qui sont raisonnablement provinciaux. Je m'éloigne du Kebab, des pizzas à Gino et de la cuisine audacieuse de Félix. Momo revient. En passant, il a aperçu une pizza qui sortait du four. Il veut la même, il la cherche sur la carte. Moi, plus traditionnel, j'opte pour une formule très complète : entrée, plat, dessert, boisson et café. Melon-jambon, blanquette à l'ancienne maison, crème brûlée, demie San-Pé et café. Vous savez tout. La pizza de mon copain est une « spéciale Flambée ». Il y ajoute un demi et se contentera d'un café pour finir. Tout est parfait mais la pizza est bizarre. On n'a pas l'habitude, on dirait des vrais produits dessus. Je descends à mon tour pisser et me laver les mains (tant que j'y suis) avant qu'on me livre le melon-jambon. Une adresse à retenir. Et comme ça existe, ne vous gênez pas. Publicité gratuite. Quand on aime, on ne compte rien. L'addition est aussi digeste que tout le reste. Mon contrôleur va pouvoir continuer à m'ignorer. Escale reconstituante. Dans deux heures à peine, on sera à destination. Si je ne rate pas la sortie. À Villefranche, on prend à droite sans quitter l'autoroute. Le fait de prendre à droite nous fait faire une boucle vers l'est. J'aime les échangeurs ! Je ne sais pas pourquoi je vous dis ça. L'aire de Mionnay est annoncée, sur un panneau, à dix kilomètres. On approche.

8

Lyon sans les bouchons

Quoi de plus ressemblant à une aire d'autoroute qu'une autre aire d'autoroute. Surtout depuis le vaste plan de rénovation qui a frappé le réseau national. La standardisation doit permettre d'économiser des frais d'architecture. On se croirait aussi bien à Clermont-Ferrand, Amiens ou Nancy. Sauf qu'on est à Mionnay. Tout neuf, tout zen. Je me gare logiquement sur le parking, un peu après les bornes de recharges électriques. Ils ont prévu grand. Ça en jette mais aucune voiture n'y est branchée. À mon avis, faudra encore attendre quelques progrès en matière d'autonomie avant de voir ces véhicules en nombre sur nos autoroutes. Parce qu'aujourd'hui, la jauge doit être angoissante. On ne peut pas profiter du paysage. Et s'arrêter une heure pour faire un demi-plein dans ce genre d'endroit, c'est pas très réjouissant. La standardisation ne va malgré tout pas jusqu'à la boutique de chinoiseries touristiques en résine. Ici, pas de sachets de sel de Guérande, ni de bols bretons, mais du nougat de Montélimar et de la rosette de Lyon (pas chinoise j'espère). Quand même, quelques répliques de la Tour Eiffel pour les cars d'Asiatiques qui auraient raté la sortie « Paris ». Des mugs, bien sûr. Mon papier officiel à la main, je demande à la dame qui tient la caisse à voir le responsable du site. Nous patientons quelques minutes et un jeune mec en costard vient à notre rencontre avec le sourire destiné aux forces de l'ordre. Je pense qu'il sort d'une école de Commerce. Il en a l'allure et le comportement. Pour la forme, il examine mon document, puis Momo, puis le non-bras de Momo, s'étonne intérieurement, et nous invite à l'accompagner dans les coulisses qui se trouvent être justement au fond du magasin derrière une porte à code. On le suit dans un couloir bordé de bureaux vides d'un côté. On passe les sanitaires du personnel, une petite salle de détente et, enfin, on entre dans son bureau managérial. Minuscule le burlingue. L'archi a tout misé sur la surface de vente. Nous avons en face de nous un garçon dans la trentaine, courtois, souriant, et qui ne montre aucun signe d'impatience comme, par exemple, je pourrais avoir si on venait me déranger ainsi sans rendez-vous ni annonce préalable.

— Que puis-je faire pour vous aider, Messieurs ? Asseyez-vous, je vous en prie. On manque un peu d'espace mais je ne suis pas censé passer mes journées enfermé ici.

Je lui explique ce que nous sommes venus chercher. Nous aimerions avoir accès à ses vidéos de surveillance. Je lui précise la date et le créneau horaire concernés et que le parking est important dans notre investigation.

Il sourit.

— Je m'en doutais! La plupart du temps, c'est ce que me demandent vos collègues. Mais je suis un peu étonné quand même… En principe, personne ne se dérange jusqu'ici.

Moi aussi, je m'étonne:

— Comment font-ils alors?

Il réprime un sourire, ou peut-être même un éclat de rire. Il est bien élevé et reste professionnel en toutes circonstances.

— Ils me demandent l'accès informatique à notre système interne et cherchent tranquillement les informations de leur bureau. Mais sans doute désiriez-vous vous rendre compte sur place.

— Exactement…

J'ai bafouillé ce dernier mot. Je n'ose pas tourner la tête vers Momo. Mille bornes, aller et retour, pour m'entendre dire ça! Je suis sûr que ce con de Saint Antoine doit être en train de se poiler sur son fauteuil à bascule. Un ange passe.

— Allons-y, le PC sécurité est à l'étage. Nous pourrions fort bien rester ici et visionner les vidéos de mon ordinateur mais ça manque de place, là-haut, ils ont un grand écran où on peut simultanément suivre plusieurs caméras.

On refait le circuit à l'envers sauf qu'au niveau des sanitaires, une porte cache un escalier que nous empruntons. Le PC fonctionne en autonomie totale, pourtant, on y trouve deux postes de travail. Difficile de dire si Momo fait la tronche mais pas plus que moi, il n'avait imaginé ce qu'on vient d'entendre. Alors qu'il ne la ramène pas ! Le patron c'est moi. Le directeur, dont je vous dispense de mémoriser le nom, me fait préciser la date et l'heure de la séquence qui nous intéresse. Je consulte le témoignage des deux convoyeurs. Tout est facile. Beaucoup plus facile que je ne le pensais. J'en étais resté aux bandes-vidéo qu'il fallait faire défiler dans un sens, puis dans l'autre, en espérant aléatoirement tomber sur le bon moment. Là, non, tu rentres la date, l'heure et tu envoies. La lecture est accélérée mais on revient à une vitesse normale ou ralentie à sa guise. Jusqu'à l'image par image. À ma demande, on se limite à la vue de l'entrée de l'aire en venant de l'autoroute et de la zone de stationnement. Ce soir-là, la circulation était faible et le parking presque vide. On a vite fait de repérer le corbillard et de le suivre jusqu'à l'arrêt des réacteurs. Pile dans la zone où nous sommes nous-mêmes stationnés. Le jeune connaît bien son matériel et nous suivons les deux bonshommes jusqu'à l'intérieur où ils commencent par aller pisser. Là on les perd trois minutes et on les retrouve à la sortie des toilettes, soulagés. L'un des deux se balade dans la boutique pendant que l'autre commande chez Pizza Hut, puis ils se rejoignent sur une table pour consommer. La qualité d'image est excellente mais je ne vous dirais pas quelles pizzas ils ont commandées. De l'angle que nous avons, nous devinons qu'ils ont une vue sur le parking, probablement même sur leur véhicule. Mais un des deux tourne le dos à la vitre et cache la zone à l'autre. Et ils sont bien occupés à discuter et à manger. Je vérifierai tout ça du bas, ce qui justifiera le déplacement. Je demande s'il est possible, maintenant, de revenir en arrière et de surveiller le véhicule pendant que les deux pizzavores sont à l'intérieur. Rien de plus facile! Deux ou trois clics et nous voilà de retour sur le parking. Une voiture arrive, se gare. Un couple en sort. Ils s'engueulent. On n'a pas le son mais l'image est nette. La bonne femme balance même un coup de pied dans le tibia de son compagnon, qui sursaute. On les perd du champ. Le directeur propose qu'on les suive. Pas utile. On reste focalisés sur le corbillard. Nulle âme qui vive. Mais nous n'avons pas longtemps à attendre pour qu'un utilitaire se gare juste à côté de notre cible. Une camionnette de location du réseau très réputé CaissenLoc, facilement reconnaissable à son logo qui ne passe pas inaperçu. Un truc gêne le manipulateur.

— C'est bizarre, on ne distingue pas la plaque. Ils ont dû coller quelque chose dessus. Parce qu'avec notre équipement, on arrive même jusqu'à lire la marque des pneus…

— Tant mieux, ça veut dire qu'on va trouver quelque chose à se mettre sous la dent.

J'ai raison et ça ne tarde pas. Vous voyez le rythme, dans les courses de formules 1, pour changer les roues au stand? Eh ben, on y est. Les mecs ne sortent pas tout de suite. Au bout d'un instant, on voit les clignotants de notre fourgon funéraire s'allumer brièvement. Je devine que les visiteurs ont une sorte de scanner pour remplacer la télécommande du véhicule. Ensuite, le passager sort ouvrir les deux coffres: le sien et celui du cercueil. Le conducteur sort à son tour et observe tout autour. Y compris un regard à la caméra. Les deux mecs sont grimés car impossible de définir leurs traits.

Le premier sorti s'affaire dans le corbillard. On ne distingue pas ce qu'il fait. Ça dure moins de cinq minutes. Il ressort et entre dans leur utilitaire, où il passe environ autant de temps. Même angle, on ne distingue rien non plus. Puis tout va extrêmement vite. On tire le chariot du cercueil, ce dernier est posé, avec difficulté mais grand soin, sur la pelouse, un autre cercueil apparemment identique sort du CaissenLoc avec les mêmes difficultés, et remplace aussitôt le premier sur le chariot. Le coffre se referme. On charge celui de la pelouse dans le véhicule de location. On remonte dedans. On referme les serrures, les clignotants re-clignotent. Moins de quinze minutes, montre en main, et la fourgonnette quitte la scène avec son macabre butin (le « macabre butin » est dans le thriller moderne ce que « la vue à couper le souffle » est au paysage dans la littérature incolore contemporaine). Selon le chrono, ça se passe pile quand les deux convoyeurs mastiquent leur pizza. Costauds, les voleurs ! J'estime à environ cent kilos bien tassés le poids du macchabée et de son emballage cadeau. J'ai pigé la perte de temps du début : démontage et remontage des poignées personnalisées. Pas étonnant qu'à l'arrivée tout le monde n'y a vu que du feu (feu M. Dumortier).

— Je peux vous faire des copies si vous voulez. Ça vous évitera de vous recoltiner la manœuvre de chez vous.

— Vous seriez bien aimable.

— Que s'est-il passé exactement ?

Je lui dois bien les quelques explications synthétiques que je lui fournis. Il fouille dans un tiroir et nous enregistre les diverses séquences sur une clé USB. Nous redescendons. Le patron nous propose un café que nous ne refusons pas. Je lui explique que nous allons vérifier deux ou trois trucs et je le remercie chaleureusement. Il est bien ce petit gars ! Il ne nous quitte pas. Il se sent à l'aise « au cœur de l'action ». Je vais m'installer là où les deux gars étaient pour bouffer leurs pizzas. On voit le parking mais c'est un peu juste pour vraiment surveiller leur caisse. L'angle n'est pas évident, un gros poteau métallique du bâtiment coupe la scène en deux. Et puis l'opération de substitution n'a duré qu'un petit quart d'heure. Nous allons repartir quand une idée me vient :

— Dites, cher Monsieur, une dernière info : sauriez-vous où se trouve le PC qui gère les caméras de l'autoroute ?

Question que je regrette aussitôt. Là, plus décontracté, il se marre ouvertement. Oubliée, la réserve si durement acquise !

— Vous n'enquêtez pas souvent sur le réseau ? Je comprends votre idée : essayer de les suivre. C'est vraiment tout simple, vous ferez ça tranquillement une fois rentrés au bureau. Le site est : *webcam-autoroute.eu*. Dessus, vous avez accès à toutes les caméras d'autoroutes européennes. Pareil que chez nous : vous sélectionnez la caméra, le jour et l'heure et vous n'avez plus qu'à regarder.

Je regrette vraiment ce déplacement mais, au moins, j'aurai appris des choses utiles pour mon métier. Passer pour un con m'est relativement indifférent, et on a passé une bonne journée. On reprend notre route et on emprunte la première sortie pour faire demi-tour. J'ai une idée : à Tournus, on s'arrête faire le plein dans une station discount contiguë à notre restau de ce midi et on dîne vite fait et tôt avant de reprendre la direction du Nord. Ces histoires de caméras consultables à distance constituent le principal sujet de conversation du repas et d'une partie du trajet. Puis Momo s'endort. Il est minuit quand je rentre, fourbu, après l'avoir déposé à son hôtel de Vitry. Je lui devais bien le détour car il ne parle jamais d'heures supplémentaires.

9

René se met en ménage

La nuit a été vexante quand j'ai raconté notre journée à Vaness' qui m'attendait en matant un téléfilm amerloque où une certaine Rebecca, accusée à tort du meurtre de son amant, avait beaucoup de mal à déjouer la machination mais qui, au final, réussissait à séduire le flic retors qu'elle avait dans les pattes. Une Américaine typique (de la télé) toujours super bien coiffée, avec zéro défaut de maquillage, des tailleurs différents à chaque plan, une Corvette de fonction, une baraque qui ressemble à Chambord avec l'électroménager de pointe dans les années 70 (les vieux téléfilms c'est moins cher et le scénario est aussi « bon » que dans les modernes).

J'arrive un peu avant le générique de fin où on devine que le flic, vétéran de toutes les guerres et escaladeur de talent des façades de building (même avec une balle dans la tête et après avoir perdu dix-huit litres de sang), va connaître le même sort que l'amant d'avant. Quel rebondissement ! Van' adore ce genre de feuilleton. C'est un truc qui nous sépare. Et je n'ai pas intérêt à manifester la moindre opinion ironique pendant le visionnage. Elle est dedans, elle participe. Un jour, elle tirera sur la télé avec son arme de service, c'est sûr. Par contre, ça ne la gêne pas d'un kopeck de se foutre de ma gueule avec mon histoire de déplacement inutile.

— Ben ? Le commissaire t'avait pas dit ?

Facile à dire pour elle qui n'a pas connu le super 8 ! Forcément, les références ne sont pas les mêmes, ni les réflexes. J'ai pris le parti d'en rigoler mais ça n'a pas fini de me trotter dans la tête ce truc. Un peu comme quand, tout gamin, j'ai appris que le père Noël n'existait pas. Je me sens durablement trahi. La courte suite de la soirée a été tout ce qu'il y a de plus matrimonial, limite nuptial. J'étais harassé par tant de conduite et elle, encore toute énervée par son téléfilm. Nous avons donc brièvement concédé aux devoirs conjugaux avant de nous écrouler. Quand je me suis réveillé, elle était déjà partie.

Le vieux est déjà chez Félix quand j'arrive. C'est tard pour lui mais je le connais bien : il ne voulait pas rater mon arrivée et l'occasion de rire à mes dépens.

— On m'a dit que vous étiez allés jusqu'à Lyon ? Quelle idée ! Vous auriez dû m'en parler, je vous aurais évité le déplacement…

Ce n'est pas l'envie de rigoler qui lui manque et il a du mal à réprimer des hoquets qui me rappellent Philippe Bouvard, un présentateur qui avait la grosse tête.

— Rigolez, commissaire ! Vous devez penser : « C'est le métier qui rentre ». Mais premièrement, rien de tel que le terrain pour sentir les choses. C'est vous qui le répétez à l'envi. Il vous manque tant le terrain, dans votre bureau capitonné comme un cercueil… On a pu se rendre compte, Momo et moi…

Momo, assis en face de René, bombe le torse. Il prend aussi pour lui ces vexations minables et mesquines.

— … on a pu se rendre compte sur place du déroulé des opérations. Et deuxièmement, surtout deuxièmement, si vos services avaient pris la peine de bouger le petit doigt, ne serait-ce que pour le sortir de leur trou du cul…

Oui, je suis énervé ! Ça se sent ?

— … ils n'auraient pas si vite classé l'affaire. Tenez, regardez !

J'ai pris la peine, avant de venir, d'imprimer certaines vues représentatives de nos découvertes vidéo. Il les examine et, heureusement, elles étayent parfaitement mes arguments. Sa réflexion le mène automatiquement à rejeter la faute sur ses collègues lyonnais.

— Oui… Bon… En effet, ils ont été légers là-bas. Comment, déjà, êtes-vous arrivés sur cette aire ?

— Elle était mentionnée noir sur blanc sur la déposition des convoyeurs. Déposition recueillie par votre équipe, ici à Vitry. Qu'est-ce qu'on fait ? On leur renvoie le bébé ?

Il réfléchit à toute vitesse. Et quand il réfléchit à toute vitesse, ça se bouscule. Alors c'est plus long qu'en temps normal. J'appellerai ça le « paradoxe du penseur de Rodin ». Ça me laisse le temps de héler le garçon. J'estime avoir mérité mon café. Et un croissant. Le commissaire ne sera pas venu pour rien. Il paiera la tournée et emportera une note de frais. Mon café est servi quand il se rematérialise devant nous.

— Non, ils seraient vexés qu'on ait mis notre nez sur leur secteur. Et ça serait vous retirer le pain de la bouche. Si la victime n'était pas morte, je rouvrirais le truc. Mais là, les carottes sont cuites pour Dumortier.

Il se lève, pose un billet de vingt euros sur la table et s'en va sans même réclamer de fiche. J'ai dû y aller un peu fort. René chope le billet et demande :

— Garçon ? Combien on doit ?

Et il encaisse la monnaie. Pas de petit bénéfice. Content de lui, il la ramène :

— Il a raison quand même, faut être cons d'nos jours pour se farcir une journée de bagnole pour regarder un film. Vous z'avez pas la Wifi, les mecs ? J'ai bien fait de pas v'nir, je le sentais pas vot'truc.

— Qu'est-ce que tu fous encore ici à cette heure-ci ? Tu ne travailles plus à l'Inter ?

— Je tenais compagnie au keuf en attendant que tu radines. Parce que comme Momo, il parle pas trop, ça aurait été longuet pour lui d'attendre que monsieur se lève, et ça l'aurait foutu en rogne. Ne me remercie pas surtout ! Sinon, aujourd'hui et demain, j'ai posé des jours de déménagement.

— Tu déménages ?

J'ai un coup de froid d'un seul coup. Vitry sans René, c'est comme Venise sans la tour de Pise.

— Moi, non, mais Paulette, oui ! Et elle déménage pas. En réalité, elle emménage. Elle en a marre de son deux-pièces et elle trouve que Ménilmontant, c'est de plus en plus mal fréquenté.

Je ne suis pas certain qu'elle va y gagner au change. Momo, que toute cette agitation fatigue, met son grain de sel :

— Et t'es au bistro pendant qu'elle se coltine les cartons ?

— Mais non, c'est son gendre et sa fille d'Orléans qui sont à Paname en train de tout charger. Ça va être vite fait, vu que chez moi c'est déjà meublé. Elle emporte que des bricoles et ses affaires pour s'mettre sur l'cul. Normalement, ils vont arriver en fin de matinée. On ira les aider à décharger.

— C'est utile qu'on y aille tous s'il n'y a que des bricoles ?

— Je parlais pas de vous, je parlais de moi et Paulette.

— Elle est où ta dulcinée ?

— Dans l'Inter avec Régine (la sœur jumelle de René). Elles achètent des chips, du jambon et tout c'qui faut pour l'apéro. On a invité la fille et son mari pour les remercier. J'aurais pu l'faire tout seul mais, sans permis, j'évite de quitter le département. Paris, ça craint trop.

René se met en ménage. Pensiez-vous assister un jour à un tel évènement ? Soyez honnêtes ! Un brouhaha nous annonce le retour des deux belles-sœurs en devenir. Paulette est méconnaissable. Depuis qu'elle fricote avec René et que ça devient sérieux, elle a pris dix ans et vingt kilos. M'étonne pas que la baignoire n'ait pas résisté. Fut un temps où elle était moche mais ça passait inaperçu. Des moches comme la Paulette d'avant, ça court les rues. Mais maintenant, elle a pris du galon dans l'immonde. Dommage qu'il ne pleuve pas, un imper aurait atténué le choc. Je ne sais pas si elle a perdu tous ses cheveux mais la perruque à la Chantal Thomass ne l'avantage pas du tout. Soit elle est trop petite, soit la tête est trop grosse. Les ailes du carré, exagérément laquées, partent à l'horizontal et transforment sa tête en super bombardier. Le nez participe activement à l'effet cockpit. Et se balader dans cette tenue… À Paris, on n'est pas à ça près, mais à Vitry, je ne suis pas certain qu'elle n'encoure pas un arrêté municipal d'interdiction de vaquer sur la voie publique. Une combinaison-pantalon moulante (impossible d'en trouver une qui ne la moulerait pas) dans un tissu synthétique métallique – une baleine déguisée en sirène – bien plus audacieuse que n'auraient pu la concevoir les designers de Star Trek. Une boule à facette oblongue. Avec des chaussures rouges. Monsieur Félix a quitté sa table. Je suis sûr qu'il est parti appeler les forces de l'ordre ou France 3. Régine, que je découvre à la faveur d'un pas de côté de la nouvelle madame René, en paraît presque désirable. Ne me faites pas dire ce que je n'ai pas dit. La nuance est dans le « presque ». En comparaison, ça ne me choquerait même pas d'employer le mot « ravissante ». Son petit Moldave adopté[6] a grandi mais il n'a pas grossi. Il ressemble à un tibia qui marcherait tout seul et a toujours sa sale gueule. Régine a une jupe plissée qui ne plisse pas partout car le contenu est un peu invasif. Plissée et écossaise, comme celle d'une écolière. Des bas « résille » – dont un, filé, parait plus résille que l'autre – qui ne cachent pas l'énorme bleu qu'elle a à la cuisse. Un chemisier arachnéen et si transparent

6. *Voir* Qui père gagne, *même auteur, même collection.*

qu'on a l'impression que le soutien-gorge noir est mis par-dessus. Et des baskets à talons compensés qui ont dû être repeintes avec un marqueur à bout de souffle. Elle est ravie de me revoir et ne le cache pas. Paulette aussi, d'ailleurs. Qu'ai-je fait au bon Dieu ? Les deux monstres s'affolent en me découvrant planqué derrière leur frère et fiancé. Je disparais, broyé entre les deux carcasses. Des effluves m'enivrent et je tombe dans le coma. Quand je me réveille, le convoi exceptionnel est parti. J'ai eu une absence totale. Inquiétant, non ? Comme si j'avais volontairement ingurgité un comprimé de GHB pour échapper au massacre. Momo, traces de rouge à lèvres sur les joues, me tapote le visage avec un gant mouillé.

— Qu'est-ce qu'il m'arrive ? bredouillé-je.

— Tu as fait un malaise. Heureusement, les enfants de Paulette ont appelé pour dire qu'ils étaient garés devant chez René. Viens, on rentre au bureau. On a le site des caméras de l'autoroute à consulter.

Un vrai bras droit, mon manchot, une mère !

10

Rencontre du troisième type

Quelle tannée, ce site de webcams ! Rien à voir avec le poste sécurité de l'aire de Mionnay. Ça rame, ça rame... Et c'est peu de le dire ! En plus, ça n'archive que soixante-douze heures. Insuffisant pour notre recherche de filature du véhicule CaissenLoc. Heureusement que je suis romancier et que je fais ce que je veux. J'ouvre donc, une à une, les vidéos de l'A6 aux jour et heures que j'estime être plausibles pour un passage de la camionnette. Même pas réfrigéré l'utilitaire, je ne vous raconte pas la rupture de la chaîne du froid. Les asticots, ça doit leur donner des ailes avant l'heure. Momo m'aide bien, en calmant mes impatiences. J'agis comme si c'était une corvée imposée contraire à mon propre intérêt. Seul, je zapperais la moitié des séquences. Opiniâtreté ou coup de bol, je ne saurai jamais. Toujours est-il qu'on la retrouve aux environs d'Auxerre, filant vers le nord. Si ce n'est elle c'est donc sa sœur. Croisons les doigts pour que cela ne soit pas celle louée par votre beau-frère pour rapporter des cubis de Chablis. On la voit passer. C'est nettement une victoire, un encouragement. On fait un bref calcul temps/distance et on la retrouve, sans trop de peine, au péage de Fleury. Je vais vous la faire brève, on ne va pas aller de caméra en caméra, vous avez déjà une idée assez précise du boulot. On perd le véhicule à la Poterne des Peupliers, juste à la sortie avant de prendre le périf. C'est presque un retour à la case départ. Mais qu'est-ce qu'ils vont bien pouvoir faire d'un cadavre en décomposition dans un cercueil bas de gamme sans poignées ? *That is the question* !

— On est bien avancés, philosophe Momo en se grattant la tête de sa main valide.

— Tu l'as dit ! Retour à la case départ. La croisière funèbre est terminée.

J'ai besoin d'un café et de réfléchir. C'est le moment que choisit Jessica, la fille du mort, pour venir aux nouvelles. Pendant que je manipule ma cafetière d'une main avec la dextérité d'un Clooney, je lui réponds de l'autre avec la voix du même. Je monte un peu les blancs en neige pour qu'elle ait l'impression qu'il y en a plus. Je brode, je gonfle, j'insiste sur le déplacement fait dans la journée pour ne pas avoir à lui facturer une nuit d'hôtel. J'enjolive, je mens et j'annonce :

— On tient le bon bout. À la vitesse à laquelle on évolue, c'est une question de jours, peut-être d'heures.

Elle est ravie. Elle me félicite et se félicite elle-même d'avoir fait un si bon choix. Je n'ose appuyer sur le bouton de la Nespresso avant qu'elle raccroche. Momo nous accueille, moi et mon plateau, avec un air de reproche. Je me justifie :

— Tu as encore beaucoup à apprendre. Il faut toujours rassurer le client. N'oublie pas qu'il vient chez nous plus pour trouver de l'espoir qu'un résultat.

Je sens bien qu'il n'est pas convaincu.

— Que fait-on dans les heures à venir ?

Bonne question ! Je réfléchis et c'est évident :

— On visite toutes les agences CaissenLoc de la zone. Il ne doit pas y en avoir trente-six. Pour le coup, ils ne doivent pas non plus avoir trente-six véhicules qui ont fait mille bornes dans la journée.

— Bonne idée !

A-t-on autre chose ? Et puis je ne pars pas confiant. Je trouve ce métier fastidieux à la longue. Toujours fouiller, toujours mettre son nez partout. Mais comme dirait Nietzsche en chaussant ses skis : « Quand faut y aller, faut y aller ! » Alors on se donne le temps de déguster notre café et on y va. Action ! On commence par le site *www.caissenloc.fr* qu'on visite à la recherche de renseignements. Ils sont spécialistes de la location de véhicules utilitaires d'occasion reconditionnés et promettent des tarifs concurrentiels. Leur clientèle est surtout constituée de louageurs-livreurs indépendants dont la demande explose grâce aux nouvelles habitudes d'achat des consommateurs. Maintenant, même pour une brosse à dents, on se fait livrer à domicile. C'est l'époque qui veut ça. Finalement, il n'y a pas autant d'agences que je le craignais. En partant du principe qu'on a vu les gars rentrer sur l'aire de

Mionnay par le sens Paris-Province et qu'on les a perdus à la Poterne des Peupliers dans le XIIIe, on peut imaginer que c'est dans ce secteur qu'ils ont loué leur fourgon. Quelle raison de sortir à la Poterne si c'est pour aller à Boulogne, Clichy ou Romorantin ? Faut être logique ! En plus, ça nous arrange parce que, justement, il y a une agence à Gentilly. On n'en trouve aucune dans Paris intra-muros mais il y en a beaucoup tout autour, généralement aux portes. Ce qui veut dire… Tout ce que je vous raconte, on l'échange aussi avec Momo en faisant nos recherches… Ce qui veut dire, donc, que si on a la chance de tomber du premier coup sur la bonne agence, on sera forcément tout proche de notre cible. Vous ne connaissez peut-être pas Paris, mais la Poterne des Peupliers n'est pas un accès qui mène bien loin. Surtout à l'heure très tardive du retour où tous les grands axes sont dégagés. Pour aller plus loin, ils auraient choisi l'avenue d'Italie par exemple, ou le périf. On sait ce qu'il nous reste à faire. Mon téléphone vibre : Monique. Je la renvoie sur le répondeur. Je crains trop ce qu'elle a à me dire. En plus, ça ne regarde pas Momo. C'est vrai que son embauche me prive un peu de liberté d'action. Et surtout d'inaction. Je vis moins le nez au vent depuis que je l'ai dans les pattes. Le message est bref. Je devine un : « Rappelle-moi ! »

Le GPS calé sur la rue Charles Frérot, à Gentilly, on quitte la courette qui me sert de parking. La circulation est fluide, un vrai bonheur. CaissenLoc est repérable de loin à son logo monumental collé sur la façade. Je pense qu'il s'agit d'un ancien garage de réparations automobiles reconverti en local commercial. Des utilitaires de différentes marques sont alignés en épis en empiétant sur le trottoir. La maison paraît sérieuse. Tout est ordonné. Derrière son comptoir, l'employée est en grande conversation téléphonique avec un monsieur qui s'inquiète de savoir si son piano rentrera dans le véhicule qu'il a réservé ; elle nous fait signe de patienter. Elle lui demande les mesures de son engin, qu'évidemment, il n'a pas préalablement prises. On profite qu'il soit parti chercher son mètre et mesurer son bidule pour se présenter et demander à voir le responsable. La conversation reprend : « Les pieds se démontent-ils ? » Il ne sait pas, il va voir. L'apothéose du con qui fait perdre son temps à tout le monde. Hein, que vous en connaissez des comme ça ?

— Excusez-moi. Je vais voir si madame Dos Santos peut vous recevoir. Vous êtes qui déjà ?

Je lui montre ma carte où il y a ma photo, un tampon et même un petit bandeau bleu, blanc rouge en travers. Elle met le pianiste en attente et sonne madame Dos Santos.

— La police vous demande… Oui, vous… Non, deux messieurs…

Elle nous invite à patienter sur deux chauffeuses installées près du présentoir à prospectus et reprend le déménageur virtuose en ligne. Il pense que les pieds sont démontables mais il n'en est pas sûr. Les mesures communiquées laissent planer un gros doute. Alors la jeune fille lui donne les coordonnées d'un confrère spécialisé dans les objets encombrants ou délicats. Elle aura perdu un quart d'heure. C'est pour ça que j'ai toujours préféré le violon au piano. Bruit d'escalier métallique qu'on descend et arrivée de madame Dos Santos. Dieu soit loué (c'est bien l'endroit pour), je vous gâte! Il y a des femmes comme ça qui vous font un effet irrationnel et immédiat. Elle en est. Et depuis que je suis devenu relativement sage, j'ai l'impression d'en croiser de plus en plus. Le Dieu cité ci-dessus me mettrait-il à l'épreuve? Je le remercierai d'un cierge, un grand, à la prochaine occasion. Un mélange d'Hidalgo, de Pietragalla et de Bouquet (Carole, pas Michel) : une brune. La cinquantaine triomphante, la Madone des camionneurs. Même Momo, habituellement si peu sensible aux échanges hormonaux, en vibre. Je le sens. C'est vrai qu'on est loin de sa copine aristo qui ressemble à une Suzanne Flon lyophilisée. Un jean qu'elle remplit avec tant de perfection que j'ai envie de lui demander de tourner sur elle-même, un petit haut sobre mais léger qui révèle une poitrine qui ne demanderait qu'à en sortir et un regard qui vous déshabille comme un conseil de révision (pour les vioques parmi vous qui ont connu). Un instant, j'en oublie ce qu'on est venus faire ici. Je ne vais pas refaire le coup du malaise vagal quand même! Momo, complètement à l'ouest, tend son moignon. Je bande. Est-ce convenable en mission? Dos Santos connaît parfaitement l'effet qu'elle fait et elle le laisse faire (elle laisse l'effet s'faire. Hihihi). Pas trop longtemps car elle a aussi d'autres chats à fouetter, et comme nous aussi, on tombe d'accord pour la suivre à l'étage. Ce qui, en soi, n'améliore pas la situation. Momo me bouscule pour être derrière elle dans l'escalier. Quand les phéromones parlent, il n'y a plus d'amis. Nous voilà deux grands cerfs bataillant dans un pré pour une biche qui broute en attendant le vainqueur. Le bureau est à son image : sobre, efficace, féminin, professionnel.

— Vous êtes du commissariat du Kremlin ? Je ne vous ai jamais vus.

— Non, nous ne sommes pas flics mais détectives et là, on pourrait dire qu'on travaille pour celui de Vitry.

Qu'on ne soit pas policiers la réconforte. Elle gonfle la poitrine et décroche son téléphone : « Julie, apportez-nous trois cafés, s'il vous plaît. » J'aime son autorité, son sens des décisions.

— En quoi puis-je vous être utile, messieurs ?

C'est plus fort que moi, je ne peux pas m'empêcher :

— Oh, en plein de choses, chère madame !

— Mais encore ?

Elle a raison, recentrons. On verra plus tard si elle a été sage. Et si elle veut bien.

— Eh bien, voilà…

Interrompu par les cafés qui montent l'escalier. Je trouve, à la réflexion, un certain air de famille entre Julie et sa patronne. En plus jeune, moins mûre mais avec des perspectives équivalentes à moyen terme. Sans doute est-ce sa fille et la jouent-elles « patronne-employée » devant la galerie. Le café est bon. Je laisse aller négligemment mon pied sous le bureau. Au cas où un contact s'avérerait prometteur. J'ai chaud. Pas vous ? On change de chapitre.

11

Les affaires reprennent

Cristina – c'est le prénom qui est écrit sur le chevalet porte-nom juste en face de nous : « Cristina Dos Santos, gérante. » – nous regarde en attendant mes explications. Derrière elle, une fenêtre qui donne sur la cour. Dans la cour, des véhicules stationnés. Une écurie importante. Entre elle et la fenêtre, une console avec six orchidées. Toutes en fleurs ! Je suis impressionné par la femme mais aussi par l'ambiance qui ne cède en rien à la gaudriole. Un bureau de femme-patron n'a rien à voir avec un bureau d'homme-patron. Le silence devient gênant, alors je lui raconte ce qui nous amène, sans entrer dans les détails autres que la date, les heures et le trajet.

Elle me met à l'aise tout de suite.

— Avec toutes ces précisions, on devrait vite le retrouver si c'est un véhicule de l'agence. Mille kilomètres en vingt-quatre heures, c'est pas tous les jours. Je rectifie :

— Même pas vingt-quatre heures. Ils ont dû partir le matin et rentrer le soir.

— Oui, mais à l'heure du retour que vous m'indiquez, si votre caméra est fiable, nous sommes fermés depuis longtemps. Ils n'ont donc pas pu rendre le véhicule avant le lendemain. Si tant est qu'ils ne l'ont pas loué pour plusieurs jours.

En disant ça, elle a plongé le nez sur son écran et caresse sa souris d'une manière que j'envie. Vous verriez ses mains ! De longs doigts parfaits. Inutile de vous dire qu'ils n'ont jamais vu de cambouis. Ce n'est pas le genre de femme à donner un coup de main pour les vidanges. Elle ne perd pas son temps.

— Et voilà une location qui pourrait correspondre. Nous géolocalisons nos véhicules. Pour des soucis de sécurité et de vérification de kilométrage à facturer. Depuis, on n'a plus de fraude. Plus de compteurs trafiqués. On nous a bien pris un Ducato ce matin-là et il a exactement fait le trajet que vous me décrivez aux heures qui correspondent. Simplement, ils nous l'ont rendu trois jours plus tard. Si vous voulez mon avis…

Et comment que je veux ! Je lui confirme d'un signe de tête.

— … Ils ne devaient pas se douter que nous utilisions la géolocalisation et ils auront conservé le véhicule pour noyer le poisson. Mille kilomètres en trois jours, ça n'attire pas l'attention. C'est même dans la moyenne.

— Vous avez les coordonnées du locataire ? Ou des…

— Évidemment ! On ne confie pas nos camions sans un minimum de vérifications : chèque de caution, permis de conduire et justificatif de domicile.

— Vous pourriez peut-être nous dire…

— Ça me gêne, pour tout vous dire. Je ne suis pas du tout spécialiste en droit et je ne sais pas si je m'expose à quelque chose en vous révélant ces informations.

— La police doit bien vous faire ce genre de demande…

— La police, oui, mais des détectives c'est la première fois. Et même aux keufs, j'hésite.

Je prends mon air contrarié. Je m'appuie sur Momo qui est en apnée. Je ne pense pas qu'il perçoive quelque chose à ce qui se passe depuis qu'on est assis là. Le silence fait son effet. C'est une de mes stratégies, ça, le silence.

— Remarquez…

— Oui ?

— … remarquez, là, c'est pas un particulier… Enfin, si, pour le permis. Sinon c'est une société, alors c'est peut-être moins gênant…

Je l'encourage de mon plus beau sourire. Parlementer ainsi en bandouillant n'a rien de facile. Elle cède :

— Bon, parce que c'est vous. Le Ducato a été loué par la société Fabert Technologies de Vitry.

Je ne bande plus, je transpire. Je ne pige plus rien. Momo énonce un cotonneux : « Ça me dit vaguement quelque chose » qui confirme son état franchement comateux. La gérante voit bien que cette annonce nous bouleverse et elle me colle un regard interrogateur.

— Vous avez un nom de famille ? Celui du permis ? Vous gardez ces justificatifs ?

— Oui, bien sûr ! On les numérise même pour les conserver aux archives et on ne rend les copies qu'avec le chèque de caution, quand on nous les réclame. Bougez pas, je vais sortir le dossier physique.

Elle se lève, quitte la pièce sous nos regards ahuris. Pas longtemps, c'est bien rangé chez elle. Et revient avec une chemise. Se rassoit et là… son pied touche le mien… et ne bouge pas. Je transpire, je n'ose plus remuer un orteil. A-t-elle compris que nous nous tripotions par pieds interposés ? Pense-t-elle qu'il s'agit juste d'un défaut dans le revêtement de sol, une dalle décollée ? Son regard me confirme que non. Mes vieux démons sortent d'hibernation un à un. Je vous en vois réjouis. Un œil sur moi et l'autre dans le dossier, elle porte l'estocade :

— Les documents ont bien été rendus mais ne vous inquiétez pas, on conserve une trace numérique. Pas par curiosité mais pour éventuellement justifier qu'on a bien fait notre boulot. Le titulaire du permis est un certain Louis Dumortier.

Mon pied écrase le sien. Un geste incontrôlé qui lui arrache un rictus et un sourire ravageur. Je rebande. Pas le moment pourtant. Même Momo est sorti de son hibernation. Il me regarde en panique. Il ne comprend pas. Moi non plus. Je dois expliquer à la dame.

— Louis Dumortier était mort depuis cinq ou six jours quand le camion a été emprunté. C'est même lui qui est indirectement l'objet de notre enquête.

La panique change de camp.

— Je… je ne comprends pas. Si on demande le permis c'est pour s'assurer qu'on loue bien notre véhicule au conducteur qui vient en prendre possession et que celui-ci est en règle.

Elle reprend les documents et vérifie les signatures. Aussitôt, elle attrape le téléphone et hurle : « Julie ! » si fort que l'autre doit l'entendre du bas, en direct. Le ton est sans ambiguïté et déclenche une cavalcade dans l'escalier. La jeune de l'accueil est au garde à vous. Cristina nous présente :

— Julie, ma fille, qui travaille ici depuis deux ans.

J'avais bien deviné. Puis elle s'adresse à sa fille en lui tendant le dossier :

— Tu te souviens d'avoir fait les formalités de mise à dispo de ce Ducato ?

Pour gagner du temps, la gamine fait mine de lire le document.

— Ne fais pas l'idiote ! C'est ta signature, la référence « JDS », c'est pas moi.

Obligée de capituler. Un peu effrontée quand même :

— Ben oui, et alors ?

— Alors tu me confirmes que c'est le titulaire du permis qui a enlevé le véhicule ?

— Ben, faut croire… Je sais ce que j'fais.

— Ah ? Attends deux minutes, je vais te rafraîchir la mémoire.

On la voit martyriser sa souris. L'imprimante se met à crachoter et une copie couleur d'un permis de conduire ancien modèle sort dans le bac. Elle la colle sous le tarin de sa fille.

— C'était bien lui ?

— Ben oui… forcément.

— Vous pouvez me confirmer ce que vous m'avez dit ? dit-elle en s'adressant à moi.

Je regarde le document. Je ne connaissais pas Dumortier mais le bonhomme de la photo a vraiment le look de la fonction. Je prends également le contrat de location sur lequel le locataire est bien indiqué comme : « La Société Fabert Technologies, représentée par M. Louis Dumortier, Directeur général. »

Je confirme donc, comme à regret :

— Monsieur Louis Dumortier était mort depuis quelques jours.

Miss « Ben oui » change de couleur. Ça lui va bien aussi, remarquez. Elle réexamine les papiers comme si la solution allait lui apparaître.

— Ben… Comme c'était une société… J'ai peut-être pas bien fait attention. Je me rappelle plus trop mais cette tête ne me dit rien. Mais tu sais, sur les vieux permis…

Elle a raison. Pour le vérifier, regardez donc votre trombine sur le vôtre de permis. Si vous l'avez. Je désenvenime la situation :

— Soyez rassurées. Vous, Julie, parce qu'en effet, ce genre d'erreur est possible. Fabert est une grosse boîte et le permis était ancien. Et vous, Cristina, parce que, sans vous en douter, votre aide est vraiment très précieuse. Vous nous apportez des éléments incroyables. Ce qui explique notre réaction.

Ça explique moins pourquoi je persiste à bander ainsi malgré la gravité de la situation. La patronne congédie sa fifille qui ne demande pas son reste et redégringole l'escalier à vitesse grand V. Nous

nous rasseyons, sauf Momo qui ne s'était pas levé, démontrant ainsi son sens de l'anticipation. Sous le bureau, deux pieds, interrompus en plein début d'idylle, se retrouvent. Vous m'avez déjà vu ? Je ne suis pas ce qu'on appelle un play-boy et, en plus, je ne sais pas me vendre. Alors je voudrais bien que quelqu'un d'un peu compétent et sérieux m'explique pourquoi ça m'arrive à moi. J'imagine que cette Dos Santos doit passer ses journées, et plus, à refuser du monde. Sans doute est-elle mariée. Et puis, parmi ses clients, il doit lui être facile de faire un casting. Le chauffeur-livreur n'est pas une proie difficile et certains fréquentent assidûment les salles de gym pour ressembler à Richard Gere du temps de sa splendeur. Alors… pourquoi moi ? Je demande, si c'est possible, des copies des documents consultés. « Tout est possible », me confirme Cristina. Momo, presque complètement décongelé, commence à s'impatienter. Il a bien vu mon manège. Et le feed-back qu'il ne comprend pas plus que mézigue. Malgré son bras en moins, il est nettement plus sexy que moi. Même peut-être encore plus en raison de cette particularité. Cristina ne le calcule pas du tout. L'homme invisible. Elle joint le geste à la parole et glisse les documents dans le chargeur de sa photocopieuse. Nous repartons avec. Difficile de s'arracher. On cherche un moyen de différer la séparation. Elle rompt la glace :

— Auriez-vous une carte ? Je ne savais pas que ça existait encore, les détectives. J'ai souvent pensé que ça pourrait être utile dans mon commerce.

Je lui tends ma Vistaprint tout en soulignant bien sûr le numéro de portable. Elle me tend la sienne, sur laquelle elle raye le numéro indiqué et rajoute un second numéro de portable.

— Si des détails vous manquaient ou des questions vous revenaient, n'hésitez surtout pas.

— Faites-moi confiance, je n'y manquerai pas.

Je ne sais pas si ça s'entend mais je zappe direct le conditionnel pour le futur. On se quitte (très) bons amis. Dans la voiture, Momo est mi-figue, mi-raisin. Il est vénère, c'est certain, mais reste beau joueur :

— Tant que vous y étiez, vous auriez pu vous faire la bise. Remarque, là, je n'ai rien à dire. C'est de la chasse à la glu cette gonzesse et si j'avais pu poser le pied sur la branche, j'aurais fait comme toi. Démarre, on nous regarde par la fenêtre.

12

Affaires familiales

Je conduis mais je ne suis pas à ce que je fais. Je suis énervé, gravement énervé. Quand je ne comprends pas, je suis toujours très énervé. Ne comptez pas sur moi pour faire semblant, vous ne m'intéressez plus. Personne ne m'intéresse plus. Même pas Momo à qui j'annonce que je prends mon après-midi pour faire des courses. J'ai besoin d'être seul, de réfléchir seul.

J'arrive devant l'Hôtel de la Gare de Vitry comme un automate, un zombie. Momo descend sans demander son reste. Je rentre au bureau, à mon ancien chez-moi. Le môme de la voisine est en train de surveiller ses plantations. Au moins, le jardinage le calme. Il me demande si c'est normal qu'on ne voit pas encore les graines germer. Je regarde, je vois comme des têtes d'épingles affleurer le terreau. Je les lui montre du bout du doigt en lui disant : « Ça vient. Mais n'arrose pas trop, tu vas les noyer. » Et voilà comment rendre un gamin heureux. Je rentre dans mon appartement. Je n'allume pas et je file directement m'allonger sur le clic-clac dans l'arrière-boutique. Avant de penser, avant d'essayer de remettre mes idées en ordre, je dois balayer tout ce qui me préoccupe. Je ne peux rien commencer de sérieux si j'ai des instances qui me pourrissent la tête. C'est pour ça que je remets toujours. Et mes instances peuvent être aussi diverses que nombreuses : la vaisselle qui attend dans l'évier, une course à faire, un courrier à répondre, une facture à payer – surtout une facture à payer –, un coup de fil à passer et, la plupart du temps, un truc que je n'arrive pas à définir et qui me bloque. Aujourd'hui, c'est le cas. Il y a quelque chose qui m'entrave. Quoi ? Je cherche… Ah oui, le message de Monique ! Je l'écoute et c'est exactement ce que je pressentais. Elle me demande de la rappeler aussitôt. Le « aussitôt » n'ayant que trop duré, je le fais dans l'instant. Ensuite, je pourrai sereinement retourner à mes moutons.

— Monique ? Excuse-moi, je n'avais plus de batterie et j'avais oublié mon chargeur au bureau. Mais je suis à toi. Si je ne dérange pas.

Je tente un ton enjoué et dégagé car je suppute assez aisément quel sera le sujet de la conversation.

— Oui… C'est pas grave… Merci d'avoir rappelé…

Je la sens hésitante. Donc Carolina est dans les parages. Tant mieux, ça va l'empêcher de vider son sac. Je la vois venir.

— … Juste… Attends deux minutes, je te rappelle.

Voilà, elle va s'isoler, prétendre devoir aller faire une course. Elle tient parole, mon téléphone revibre dans les deux minutes.

— Voilà, c'est mieux! Oui, je voulais te dire que votre petit jeu à Carolina et toi commence à me déplaire.

Je l'attendais, celle-là. Et pourtant, elles n'ont pas été de trop, toutes les deux, pour me convaincre d'entrer dans le « petit jeu », comme elle dit. Illustration, s'il en était besoin, de la fameuse mauvaise foi féminine.

Je lui donne ma façon de penser sans vraiment prendre de gants et je lui dis que lorsqu'il a été question pour elle et moi de concevoir Enzo, sa femme (puisqu'elles sont officiellement mariées) s'est montrée beaucoup plus cool. Je ne m'étonne pas de ne pas la convaincre.

— Ça n'a rien de comparable. Je suis tombée très vite enceinte. Là, ça commence à tellement durer que je me demande si vous ne le faites pas exprès. Ou si Caro n'est pas stérile…

— Tu lui en as parlé?

— Non, c'est délicat.

— Je ne te parle pas de savoir si elle est stérile, mais du fait que tu trouves qu'on y met pas du nôtre… ou trop.

— Pour y mettre du tien, je te fais confiance! Non je ne lui ai rien dit. Toi et moi, c'est différent.

— Je te rappelle quand même que c'est vous deux qui avez insisté. Je n'étais pas chaud.

— Tu en mourais d'envie, je te connais.

— Baiser avec Caro, je ne dis pas, tu me connais assez… Mais faire ainsi un petit frère à Enzo, j'ai toujours considéré ça comme une erreur. J'ai été assez faible pour vous rendre service…

— Et baiser Caro !

— Si tu veux. Bon, on fait quoi ? Parce que figure-toi que depuis que je la baise, comme tu dis, je trouve moi aussi la situation scabreuse et pas conforme à ma nouvelle règle de vie.

La vache ! Je l'entends s'étouffer de rire.

— Ben écoute, puisque tu le prends comme ça, tu vas lui dire le fond de ta pensée et vous me rappellerez quand vous serez tombées d'accord toutes les deux.

Et je raccroche. Merde alors ! Ça me coûte car je n'aime pas ça, raccrocher au nez de quelqu'un, surtout quelqu'un que j'aime plus que bien. Mais ça y est, je suis dispo pour cogiter. Mon verrou a sauté.

Résumons : Des mecs enlèvent le cadavre d'un industriel mort accidentellement, donc difficile à préméditer. Et pour faciliter la chose, c'est l'industriel mort en question qui loue le véhicule qui va servir à faire le coup. Ça ne tient pas debout. J'aurais dû poser plus de questions à la loueuse. Je m'aperçois que mon trouble m'a coupé les pattes. Quand le véhicule a-t-il été réservé ? Julie se souvient-elle du mec qui est venu chercher le Ducato ? Comment ont-ils réglé la facture ? Cristina m'a parlé d'un chèque de caution, a-t-il aussi été numérisé ? Qu'a donné la géolocalisation les deux jours qui ont suivi ? Est-il possible de savoir précisément où le véhicule s'était rendu en rentrant de sa virée lyonnaise ? Comment je vais raconter tout ça à ma cliente ? Elle va me prendre pour un barjot. Que faire, maintenant ? En parler à Saint Antoine ? Il est souvent de bon conseil. Mais ne risque-t-il pas de se foutre de moi ? Interroger Jessica ? Pour lui demander quoi ? Aller chez Fabert ? Pour y faire quoi ? Y voir qui ? Maintenant que le patron est enterré… Mille excuses, ça m'a échappé…, « mort » suffira dans l'état actuel de l'avancement du dossier. Ah, j'ai l'air fin avec ma belle chemise « Affaire Dumortier » ! Mon téléphone stoppe mes délires éveillés. C'est Carolina ce coup-là :

— Cicé, je viens d'avoir une conversation avec Monique.

— Je me doutais.

— C'est pas toi, t'es pas en cause, mais… Je pense qu'il vaudrait mieux qu'on arrête. Je vais faire des examens… Si tu es d'accord, on reprendra si tout est normal.

— Je comprends. Redevenons fonctionnels…

— Ne le prends pas mal, mais c'est mieux. Je tiens à mon couple. Et nous deux, on a pas d'avenir.

Si elle savait ce que j'en pense de l'avenir ! On a déjà réussi à modifier notre passé, c'est pas si mal. Vivons le présent. Qu'est-ce qu'elle va imaginer ? Conjuguer « nous deux » et « avenir », elle y va fort ! Il n'a jamais été question de ça. Je n'ai vraiment pas la tête à faire de la psychologie féminine. J'ai même complètement oublié de déjeuner. Mon estomac me le rappelle. J'acquiesce (un roman sans le verbe acquiescer est-il vraiment un roman ?) et on convient de faire le point plus tard. Je lui demande de me tenir au courant pour ses analyses. Je sens que ça la touche. Il y a tellement de choses, maintenant, qui la touchent à mon corps défendant. Pour les plus anciens, souvenez-vous nos débuts.

Bon, faut que je me bouge ! Où aller pour commencer ? Manger. Le ventre plein, mes idées se remettront peut-être en place. Un bip m'informe de l'entrée en gare d'un texto. Monique : « *Merci.* »

Le bistro du coin de la rue où René, parfois, au bon temps de son célibat, venait le soir faire des parties de dominos à un verre le point, fera le job. Pas besoin de bouger ma voiture et je suis quasiment sûr de n'y croiser personne à cette heure de la journée. René et Paulette emménagent en famille. Momo doit regarder les gens passer de la terrasse surélevée de son hôtel. Le café a été vendu il n'y a pas longtemps. Encore un Chinois ! Ils raflent tout. Pendant qu'on installe nos usines chez eux, ils squattent tous nos commerces qui se libèrent. Bientôt, le monde sera une vaste Chine. L'ancien patron ne me connaissait pas beaucoup, le nouveau, pas du tout. Ça fait bien mon affaire. Comme son plat du jour : Poule au riz. Je croyais que la recette était perdue depuis 1610[7]. Des souvenirs, des saveurs d'enfance reviennent. Je ne me rappelle plus ni quand, ni où, ni comment, mais cette poule au riz est ma madeleine de Proust du jour. Même si je doute qu'à l'époque du créateur de la démocratisation culinaire dont il est question, le riz était servi avec. La *Chinese's touch*. Même le kawa est bon. Ils font des progrès à vitesse grand V. Calé, mes idées se décantent mieux. Les plus lourdes en bas, les plus légères en haut. Je sors la carte de Cristina et je compose le numéro confidentiel. Excellente occasion de la revoir sans mon Momo de poisson pilote. Elle « attendait » mon appel. Oui, certainement,

7. Assassinat d'Henri IV, inventeur de la poule au pot.

mais certainement pas pour les mêmes raisons. Je rétablis ma priorité (l'enquête) tout en ne fermant pas la porte à la convivialité sociale.

— Passez, je vous attends.

Je ne vais pas me le faire dire deux fois. En y pensant, un truc me chiffonne : je n'ai plus du tout la disponibilité de ma vie d'avant où je remplissais des trous (d'agenda, je précise) avec des femmes qui ne me retenaient jamais pour dormir. Bon, roulons, on verra bien ! Même plus besoin de GPS. La rue Frérot fait désormais partie de ma famille. Je pense à Jérôme, mon vrai petit frère. Va falloir que je l'appelle pour prendre de ses nouvelles. Je rentre dans l'agence de location. Trois malabars sont assis dans les chauffeuses et un autre tient la dragée à Julie. Ça turbine. Le marcel-salopette est tendance, le tatouage se démocratise. La pauvre n'échappe pas aux grasses plaisanteries exprimées dans un langage approximatif. On lui promet de l'emmener dans l'« util'taire » si elle a un moment. Elle en rigole. Faut bien gagner sa vie. Elle me reconnaît et sonne discrètement sa reum qui a dû l'informer de mon retour en scène. Un employé du dépôt vient récupérer le premier gros pour lui remettre son véhicule. Deux des trois qui attendent se lèvent et se présentent à l'accueil. Le troisième emboîte le pas de celui qui sort. Tout ça ne dure qu'une minute que Cristina met à profit pour venir me récupérer. Deuxième choc. Beaucoup pour une seule journée. Je la suis et, ce coup-ci, pas de Momo pour s'interposer dans l'escadrin. Un rêve me vient : que le bureau soit au dix-huitième étage de ce local qui n'en compte qu'un seul.

La porte s'ouvre, on rentre et elle se referme. Un tour de clé. Bon présage. Manque plus que l'écriteau « *Ne pas déranger* ».

13

Intégration dans la famille Dos Santos

La très belle attaque, directe :

— Je pensais te… on peut se tutoyer, hein ?

Je hoche la tête comme le bouledogue en carton bouilli sur la plage arrière de la voiture de vos beaux-parents.

— Je pensais donc te revoir mais pas si vite. J'espère que t'es pas un de ces mecs qui crèvent la dalle. Les éjaculateurs précoces, voire très précoces, j'ai donné. J'ai pas bien compris ton histoire de ce matin.

C'est bien qu'elle recentre le sujet. Sexuellement, je ne peux pas dire qu'elle me met spontanément à l'aise en dévoilant ainsi des objectifs ambitieux. Puisque nous devenons intimes, je lui raconte brièvement ma mission, qui est de retrouver le corps évaporé de notre client commun. Les femmes aiment les belles histoires. Je lui dis qu'avant de passer à des projets plus personnels, j'aimerais beaucoup éclaircir quelques points. J'explique que le choc qu'elle a provoqué chez moi et « qui ne t'aura pas échappé » m'a un peu limité dans mes investigations. Les femmes aiment qu'on les flatte.

— Tu as raison, balayons les formalités. Vas-y, raconte!

Je vous le serine, elle est directe la Dos Santos.

— Déjà, je voudrais savoir quand la camionnette a été réservée.

En disant cela, je commence à sortir de ma poche les copies qu'elle m'a remises ce matin. Inutile, elle a conservé le dossier sur son bureau et elle est plus rapide que moi. Elle vérifie le bon de location.

— La veille du jour de la location. Par téléphone.

— Tu as parlé d'un chèque de caution. Tu en as une copie?

Elle vérifie sur son ordi.

— Non, en fait je dis « chèque » par habitude mais c'est presque toujours une empreinte de carte bancaire. Je peux t'imprimer le numéro si tu veux.

Elle ne me laisse pas le temps de répondre. L'imprimante se réveille. Je ne sais pas ce que je vais faire de ce numéro mais ça peut être utile. Un truc de plus à fourrer dans mon dossier « Affaire Dumortier ».

— Autre chose?

— Euh… Oui… Penses-tu que ta fille se souvienne de la tête du mec qui est venu chercher le véhicule et qui l'a rapporté?

— On va le lui demander. Tu sais, je lui ai passé un savon ce matin quand t'es reparti. Crois-moi pourtant je ne l'ai pas habituée à travailler comme ça. On aurait eu l'air de quoi si le conducteur avait eu un accident et n'avait pas le permis ? Un coup à mettre la clé sous la porte. Ah, les mômes ! Tu en as, toi ?

— Oui, mais c'est une histoire compliquée et ils sont encore petits. Je t'expliquerai.

Pendant qu'on parle, elle interphone à l'étage du dessous et requiert la présence de Miss « Ben oui ». Qui nous fait patienter un peu. Elle a encore en mémoire la soufflante de ce matin et craint sans doute une piqûre de rappel. Cristina se lève pour déverrouiller la lourde et, pour patienter, me demande si j'ai envie d'elle et si j'ai réfléchi à l'endroit où on pourrait se voir. Conversation anodine pour meubler l'attente. Je lui réponds que je ne préférais pas me faire d'illusions et que, par superstition, j'évitais les plans sur la comète. Mais que je vais y réfléchir activement. Pour être honnête avec vous, j'ai déjà commencé ma réflexion. Les côtés pratiques ne sont surtout pas à négliger. Tout peut foirer à cause d'une paille dans l'organisation. Julie pointe le bout de son nez, l'air boudeur.

— Le monsieur voudrait te poser quelques questions.

— J'ai déjà tout dit. Trop, même.

En ma qualité de presque futur beau-père, rôle difficile comme vous le savez, je tente une attitude qui me la mettra dans la poche. Je lui souris. Le sourire n'est pas un réflexe naturel chez moi. C'est donc une faveur que je lui fais.

— Juste une précision, chère Julie, vous vous…

Ça me fait drôle de tutoyer la mère et de vouvoyer la fifille.

— … souvenez de quoi avait l'air le locataire du Ducato ?

— Ben non, pas trop. Vous savez, j'vois beaucoup d'monde. Je peux pas me rappeler des têtes. À la fin de la journée, je mélange un peu. Vous avez vu vous-même, tout à l'heure.

La patronne examine les documents sans rien dire. Mais je sens qu'elle ronge son frein (tant que c'est pas le mien).

Soudain :

— Pourtant, c'est bien toi qui as signé l'état du véhicule au départ…

— Oui mais je ne me souviens pas de la tête de tous les types. Ce que je sais, c'est que oui, c'était peut-être pas la tête de la photo du permis. On en a déjà assez parlé…

Cristina a toujours le visage dans son dossier.

— Et le bon de retour… Voyons…

Je la soupçonne de faire du cinéma.

— Eh ben voilà ! J'en étais sûre ! C'est pas toi qui as fait le retour ! C'est Kamel ! Je te l'ai répété cent fois : celui qui délivre, récupère. Comment veux-tu que deux personnes différentes face un état des lieux contradictoire sérieux ?

— Tu fais chier ! Tu sais très bien que c'est pas toujours possible.

— Et pourquoi ? Qu'est-ce qui empêche ?

— Si je suis au courrier, par exemple, au moment du retour. Ou si tu m'as envoyée faire une course. J'en ai marre. Si ça continue, je vais aller bosser chez papa !

J'assiste, amusé, à la joute, au conflit des générations.

— Ah ? Et tu y ferais quoi chez ton père ?

— La comptabilité.

— Sa pouffiasse suffit bien pour ça. C'est vite fait chez lui.

Elle me regarde et juge opportun de m'expliquer et d'en profiter pour me glisser quelques infos sur sa situation personnelle :

— Mon ex est terrassier à son compte. Il se loue, avec sa pelleteuse, chez des constructeurs de maisons individuelles pour faire les fondations, les tranchées pour les branchements. Un tocard qui fait la moitié du boulot au black pour ne rien payer aux impôts et pas grand-chose à l'Urssaf. Par contre, il roule toujours en Mercedes dernier cri. Même s'il a les dents pourries. Tu vois ses priorités ! À la retraite, il ira faire le kéké dans son village natal, près de Porto, faute de moyens.

Julie, qui semble avoir hérité du caractère de sa mère, ne trouve pas la description à son goût.

— N'empêche que lui, avec ses dents pourries, il a retrouvé une pouffiasse, comme tu dis.

— Oui… Avec sa bagnole et ses biftons du black, plutôt, non ? Bon, tu y retournes quand ?

— Où ?

— Chez ton père ? En attendant, file à l'atelier et ramène-nous Kamel.

Claquement de porte. Kamel ne tarde pas. J'ai l'impression que la patronne mène son petit monde à la baguette. C'est le type que j'ai vu en arrivant, qui a récupéré l'homme en marcel-salopette. Petit sermon relatif à « celui qui délivre et qui récupère » puis Cristina lui demande s'il se souvient de la restitution de notre Ducato. Ce gars-là, ça se voit tout de suite, est un malin et je me demande dans quelle mesure il ne rend pas des « services » à sa gérante.

Elle ne l'impressionne pas mais il sait rester à sa place. Pas moche. Pas mon genre, mais pas moche. Tout à fait le genre du mec que votre belle-sœur a ramené de Djerba pour son mariage blanc avant qu'il ne lui foute sur la gueule et se tire avec une partie de ses économies. C'est même peut-être bien lui. Attention, n'allez pas croire que je généralise. Bien au contraire, j'évoque, pour illustrer, l'exception qui confirme la règle. Toujours est-il qu'il a plus de mémoire que la fille de la maison.

— Je me rappelle de lui. Il m'a donné cent euros de pourboire… Mais j'ai partagé avec mademoiselle Julie. Vous pouvez lui demander.

— On s'en fiche. Dis-nous plutôt à quoi il ressemblait.

— Je disais ça pour expliquer pourquoi je m'en souviens.

Je suis heureux d'entendre ça. Enfin une touche de concret ! Si je savais dessiner, j'entreprendrais sans délai un portrait-robot. Las, je ne sais pas. Kamel décrit :

— Un gars grand, presque genre américain…

— Qu'est-ce que t'entends par là ? Il parlait anglais ?

— Non, mais il aurait pu tourner dans des films. Un grand, un peu blond, baraqué et bien habillé.

— Grand comment ? Habillé comment ?

— Plus grand que moi, bien plus grand que monsieur…

Il me désigne, ça fait plaisir mais ça donne une échelle.

— … et habillé pas comme les autres. Comme s'il allait à Roland Garros.

— En tennisman ?

— Non, en futal sport et classe avec un beau polo Lacoste. Un bourge, quoi. Mais je ne pourrais pas vous en dire beaucoup plus. Je l'ai vu cinq minutes. La caisse était impeccable. On a fait le tour. J'ai rien remarqué. Elle était nickel. Je lui ai fait signer le bon de retour et c'est là qu'il m'a sorti ses deux billets de cinquante. C'est la première fois, en cinq ans. Alors pour le coup, j'ai même été le raccompagner jusqu'au trottoir.

J'interviens :

— Et vous avez vu comment il est reparti ?

— Oui, il est monté dans une belle voiture garée plus loin. Quelqu'un l'attendait parce qu'il est monté côté passager.

— C'était quoi comme voiture ? Vous devez vous y connaître.

— Oui… Pas tant que ça. Une belle berline mais je n'ai pas fait attention. Une Allemande ou une Japonaise haut de gamme, je ne sais pas trop.

— De quelle couleur ?

— Noire.

— Et vous avez aperçu le conducteur ?

— C'était une femme mais je l'ai pas bien vue. Elle avait un fichu. Pas un voile, hein, mais un fichu et des lunettes de soleil.

Faut lui tirer les vers du nez à celui-là.

— Et comme elle a fait demi-tour, elle était de l'autre côté quand ils sont repassés devant moi. J'ai juste pu leur faire un petit signe d'au revoir.

— Vous sauriez la reconnaître ?

— Sûrement pas ! Lui, peut-être…

Je tente ma chance auprès de Cristina :

— Vous (je préfère le « vous » devant son employé à tout faire) avez des caméras de surveillance ?

— On en a une dans la zone du parc mais c'est une fausse. Une autre dans le hall d'accueil mais elle ne fonctionne plus depuis le début de l'année. Je suis en conflit avec l'installateur qui refuse de faire jouer la garantie.

Elle libère Kamel et se rassoit. Ma tête mouline. Si je fais le bilan, je n'ai pas appris grand-chose. Cristina me regarde fixement, se lève et vient m'embrasser. Pas le baiser timide. Non, carrément la pelle. On voit que son ex est terrassier. Je suis interloqué, troublé, effrayé mais je ne sais pas dire non à un moment de détente. Ma réserve naturelle me rend gourd (visez le vocabulaire !) et je dois me forcer pour ne pas passer pour un bégueule. On déguste un moment et je la repousse doucement.

— Une dernière chose, Cristina, et... Promis, on passe à nous deux. Ton système de géolocalisation, jusqu'à quel point il est précis ? Et conserves-tu des archives des déplacements de tes véhicules ?

— Tu ne lâches pas l'affaire, toi !

— C'est pour mieux la lâcher, justement.

Elle quitte mes genoux où elle s'était installée à califourchon.

— C'est un peu compliqué mais si tu me laisses un peu de temps, je devrais pouvoir reconstituer l'itinéraire avec une précision de l'ordre du mètre.

À mon tour de me lever et de contourner le bureau.

— Tu as tout le temps que tu veux.

Elle se lève et redonne un tour de clés à la porte de son bureau.

14

Récréation

Je lui parlais, vous vous en doutez bien, de temps pour faire ma recherche d'itinéraire. Elle a compris autrement. Ça manquait de précision. Je lui dois bien un peu d'attention personnelle. Les affaires c'est bien, mais il ne faut pas oublier de vivre quand l'occasion se présente. Je vois ma loueuse attraper son téléphone, demander à sa fille d'aller à la Poste de toute urgence, avant la levée, car dans le courrier qu'elle a déposé dans la corbeille, il y a le chèque de l'Urssaf et qu'elle n'a pas envie de payer dix pour cent de pénalités comme le trimestre dernier. Et d'en profiter pour récupérer son tailleur au pressing et de faire quelques courses pour ce soir. Elle m'explique :

— Comme ça, nous serons tranquilles. Quand il faut se balader, elle ne se le fait pas dire deux fois. Si elle vérifie, il y a bien une enveloppe pour l'Urssaf.

J'avais prévu le coup. Tu ne m'en veux pas? Si tu veux, je peux m'attaquer tout de suite à ta recherche.

— Non, il y a des priorités dans la vie.

— Je suis bien d'accord. Viens!

Elle se lève, vérifie par la fenêtre que Julie s'en va, me prend la main et m'entraîne vers le fond de son bureau où une porte est masquée par un roll-up publicitaire. Je ne sais pas pourquoi mais je ne suis pas étonné de me retrouver dans une sorte de salon de convivialité. Plus exactement, un studio parfaitement équipé et de bon goût. Appelons ça une fillière (mon correcteur accepte « garçonnière » mais pas « fillière », ça en dit long sur les progrès qu'ils ont encore à faire chez Microsoft). J'apprends que c'est bien plus que ça.

— C'est là que je vis, la semaine. Ma maison est à Pontault-Combault. Alors, avec la circulation qui ne s'arrange pas d'année en année, j'ai décidé de faire aménager ce pied-à-terre.

Bonne idée, je pense. Et je le lui dis.

— Mais ta fille ne risque pas de revenir avec tes courses?

— Non, le soir, on dîne chez elle. Je lui loue un petit deux-pièces à deux cents mètres d'ici. C'est la seule façon de la faire arriver à l'heure pour ouvrir l'agence. Plus d'excuses, tu comprends. Terminé les: « Ça roulait mal », « Y avait un accident… », « Un camion a bouché la route pendant un quart d'heure. » Elle en inventait une nouvelle chaque jour. Là, vu l'heure, elle va rentrer directement. Je vais quand même lui envoyer un message pour lui dire que je fermerai. Des fois qu'il lui prendrait l'envie de faire du zèle.

Il est vrai que le local, tout mignon qu'il soit, n'est pas vraiment équipé pour la tambouille. La salle d'eau a été privilégiée. Un must ! Douche à l'italienne XXL, robinetterie haut de gamme, fonction hammam. Pas de clic-clac mais un vrai lit. La taille de la pièce le permet. Plus un coin salon avec télé, chaîne hi-fi. Le seul défaut, mais en est-ce un ? c'est qu'il n'y a pas de fenêtre. Que de la lumière artificielle. Drôle d'ambiance.

Je ne vais pas vous saouler avec ce qui se passe ensuite. Autant je n'aime pas faire pitié, autant je n'aime pas faire envie. Cristina tient ses promesses. Elle balaye tout de suite mes interrogations à propos de Kamel, dont la présence au rez-de-chaussée tétanise mes pensées.

— Kamel ? T'inquiète, il part à l'heure. Dans un quart d'heure, tu vas l'entendre baisser la grille.

Eh bien, non, je n'ai rien entendu. J'étais… nous étions occupés. Compliqué pour moi de ne pas me rater les premières fois. C'est mon point faible. Je ne sais pas si c'est l'absence de fenêtre ou quoi, je suis assez content de ma prestation au pied levé. Et pas que. Il y a de l'expérience chez Dos Santos, du talent, du savoir-faire, du savoir-faire-faire. Et, cerise sur le clito : tout se déroule dans un calme absolu, une décontraction instinctive. C'est tantrique comme niveau.

— Je ne te propose pas de venir dîner chez Julie. Je préfère la laisser en dehors de cette partie de ma vie. Pas envie qu'elle raconte tout à son père. On est séparés depuis plus de dix ans mais c'est un jaloux. Il serait capable de te suivre et de défoncer ta bagnole avec son bulldozer.

— Je comprends, ne t'inquiète pas… Pour vivre heureux, vivons cachés.

Je tiens à ma bagnole et cette spécificité conjugale peu ordinaire arrange bien mes affaires. Je pense à Vaness'. Vous me direz que c'est bien le moment. Vous n'auriez pas tort mais je me fais une raison. Ne viens-je pas de suspendre ma relation avec Carolina ? J'ai vite fait de me trouver de bonnes raisons. Cristina me fiche, avec doigté, dehors.

— Bon, si on veut que Julie ne se pose pas trop de questions, faut que j'y aille. Tu ne m'en veux pas ?

— Un peu mais je comprends.

— Tu es un amour !

J'aime pas trop qu'on me parle comme ça mais je m'habituerai. Vous avez constaté, vous aussi, qu'à chaque entrée en relation, surtout avec une dame, faut assimiler un langage ? Même, et surtout, dans l'acte. Entre celle qui n'ose pas appeler un chat une bite et celle qui, au contraire, se révèle une ordurière cachée, faut vite s'adapter. Je commence à avoir l'habitude. Le retour au bercail est malgré tout piteux. Entre ma légère culpabilité – je ne parviens pas à me trouver de bonnes raisons. Pourtant c'est un exercice auquel j'excelle – et les idées qui se bousculent dans ma tête à propos de cette histoire, je ne suis pas trop moi-même. Il n'est même pas tard quand j'arrive à Choisy. Van' n'est pas rentrée. Je préfère, ça me donne une respiration avant de réintégrer ma vie ordinaire. Le temps de chasser quelques idées encombrantes. J'appelle Jessica car je ressens un besoin impérieux de faire quelque chose, d'avancer. Comme je m'y attendais, elle me demande si j'ai du nouveau. Je me garde bien de la mettre au courant. Au contraire, je fais celui qui cherche tous azimuts. J'attends beaucoup de ce que va me fournir Cristina. Elle m'a promis de s'y coller dès le lendemain matin. Jessica cache bien son agacement.

— Il doit bien y avoir une explication quand même ! Vous vous imaginez, vous, faire le deuil de votre papa dans ces conditions ?

J'ai du mal, mais, chez moi, c'est particulier.[8]

— C'est justement parce que ça échappe à toute logique qu'il n'est pas facile d'orienter l'enquête. Pour le moment, je cherche où a pu avoir lieu la substitution. Parce que ça non plus, c'est pas une mince affaire. Dans le déroulé des faits, il n'y a guère de trous…

— Ça, j'avoue…

— Dites voir, ça n'a peut-être pas d'importance mais quand vous avez récupéré les affaires de votre papa après son accident, il ne manquait rien ?

Elle pouffe nerveusement.

— Vous pensez à un crime crapuleux de la part du sanglier ?

— Non, je pense un peu tout haut.

— On a récupéré son sac à dos. Il y avait son téléphone, son portefeuille et même de l'argent. Mais je ne comprends pas en quoi ça va vous avancer.

— C'est possible de voir ces affaires ?

— Naturellement, mais elles sont chez mes parents, à Ablon. Vous avez de la chance, demain c'est mercredi, et j'y vais tous les mercredis. Passez dans la matinée car j'emmène ma mère chez le coiffeur en début d'après-midi et les enfants profitent du jardin.

8. *Voir* Qui perd gagne, *même auteur, même collection.*

Je note l'adresse précise. Je vois le coin. Pas craignos comme endroit. Maintenant que j'ai une vue sur mon activité du lendemain, je me sens satisfait, en paix avec ma conscience professionnelle. Vaness' arrive quand je raccroche. D'une humeur pas folichonne, la demoiselle. Elle m'engueule parce qu'en me garant, j'ai pris deux places. C'est vrai que je suis arrivé dans un état proche du coma. Je descends immédiatement remédier à la situation. Ça lui fera un répit pour reprendre ses esprits. Et puis, dans le quartier, un tel méfait peut vite vous coûter des rétros arrachés ou des pneus crevés. On ne plaisante pas avec le civisme des autres. J'en ai déjà fait l'expérience. Il est vrai que la ligne de séparation des épis est pile sous ma bagnole. C'est presque ostensiblement se foutre de la gueule des autres. Mais pas de bobo, ma Ka ne.souffre d'aucune égratignure supplémentaire. Quand je remonte, la douche coule. Présage douloureux, je ne me sens pas à cent pour cent. Et pourtant… Eh oui, que voulez-vous ? On prend vite des habitudes. Notre petite séance apéritive nous remet, à tous les deux, les idées en place. La lieutenante me raconte ses galères de la journée, je lui raconte mes avancées. L'ordre des choses est bouleversé car le galérien c'est généralement moi. Comme moi, elle tombe sur le cul quand je lui apprends sous quel nom la fourgonnette a été louée. On nage en plein surréalisme. Je lui promets du nouveau avec l'analyse des itinéraires que doit me fournir la gérante de la société CaissenLoc que je lui présente comme très sérieuse et compétente. Ma description de la dame s'écarte stratégiquement de la réalité. Mais pas tant que ça. Faut toujours se rattacher à une réalité. La soirée prend une tournure familiale : improvisation de dîner avec des restes glanés dans le frigo et dans les placards. Jambon, purée mousline et crème dessert en conserve de la même marque que votre stylo préféré. Le téléfilm qui m'endort n'a ni queue ni tête. L'auteur est pourtant un ami. Guéguerre entre une commandante de police et un lieutenant de gendarmerie qui mènent l'enquête. Elle est cassante, il est odieux. Investigations qui ne tiennent pas debout. Intervention de la famille des deux keufs jusqu'à l'interpellation du coupable (évidemment celui qu'on n'attendait tellement pas qu'on savait dès son apparition qu'il était dans le coup) avec un hélico (la prod a les moyens). Faut savoir que le fuyard était parti à pied, dans la neige, du bas de la station jusqu'en haut de la montagne, et qu'il arrive au refuge du crime avant l'hélico dans lequel le vieux père du gendarme a pris place avec ses cannes anglaises…

Bref, une daube devant laquelle je me suis endormi. Quand je me suis réveillé, à cause des bruits de rotor et de mitraillage, la police et la gendarmerie minaudaient en regrettant leur amour impossible. Je risque de faire des rêves bizarres dans lesquels mon macchabée fait de l'hélicoptère, poursuivi par un couple d'enquêteurs qui se roulent des pelles. Au lit !

15

Balade à Ablon

J'ai donné rendez-vous à Momo directement dans le rade de monsieur Félix avant de l'embarquer pour Ablon. J'ignore si ça impressionne les clients de nous voir ainsi débarquer à deux (Dupont et Dupond) ou si, au contraire, ça leur renvoie une mauvaise image. Faudra un jour que je me pose la question. Je suis le premier arrivé. L'excitation m'écarte toujours tôt du lit. Je suis impatient d'avoir des nouvelles de la dame de Gentilly. Entendons-nous bien : des nouvelles à propos des analyses de ses boîtes noires. Mais pas que, j'avoue. Monsieur Félix me laisse sur le cul. Ses progrès dans notre belle langue nationale sont audibles à vue d'œil. Je n'en reviens pas. Il conserve, exprès je pense, son accent qui plaît tant aux ivrognes qui lui font gagner sa vie. Cet exotisme qui les rebutait au début constitue désormais un atout. Il s'adapte aussi très vite à nos mœurs de bistrotier en restant de moins en moins dans son attitude de patron, le cul sur sa chaise en fond de salle. On le voit de plus en plus au bar, plaisanter avec la clientèle, offrir, parfois, des tournées. À ce rythme, son intégration va devenir un succès exemplaire. Il ne lui suffira plus que de picoler et de sortir des conneries pour devenir un Français comme les autres.

Merde, René arrive avec sa reine de beauté ! Si ça devient une habitude, notre café du matin va perdre toute sa saveur. Il est difficile d'introduire un nouveau membre dans un groupe constitué de longue date. Ça fout souvent tout par terre. Mais introduire Paulette, y a que René.

— Salut Cicé ! J'fais découvrir mon quotidien à Paulette. Elle aime pas les bistros alors profites-en bien, ça s'ra pas tous les jours !

Je me garde de toute réflexion qui sonnerait faux. Il y a des limites à l'hypocrisie. La dulcinée me tend une main pleine de doigts ; des doigts pleins de bagues que je n'ose pas trop serrer pour ne pas lui briser les phalanges. Le baisemain, c'est pas en vigueur ici. Nous nous effleurons donc manuellement. Elle regarde autour d'elle. Elle est loin de ses rêves de jeune fille. Il vaut mieux qu'elle ne parle pas trop car elle a la voix désagréable (on l'avait constaté dans le précédent bouquin), comme si elle avait passé sa vie à fumer des bâtons de dynamite. Sans le savoir, elle fait tout pour créer un incident diplomatique en choisissant la place de Momo pour poser ses fesses à mémoire de forme. Ce qui met son mâle dans l'embarras.

— Momo vient ce matin ?

— On l'attend.

Il propose donc à sa sémillante de changer de place.

— Assis toi plutôt ici, parce que, là, tu verras rien à cause du poteau.

La situation est rétablie quand le manchot tire le dossier de SA chaise. Je vois tout de suite que notre invitée ne va pas le mettre de bonne humeur. Il prend sur lui. Elle doit le trouver plus sympathique que moi car elle lui tend la joue. Il élude en regardant ailleurs. Normalement, avec un tel accueil, on n'est pas près de la revoir ici. Sauf les jours de courses. Cette présence « médusique » freine un peu la spontanéité de la conversation. C'est surtout René, son guide, qui l'alimente en lui bonimentant tout un tas de banalités relatives aux mœurs locales. Elle gobe avec un intérêt feint. J'en profite pour mettre Momo au courant des éléments glanés la veille après l'avoir déposé.

— Justement, c'est ce que je me disais, on n'a pas posé toutes les questions chez la Portugaise.

— Eh ben, j'ai les réponses. Description du mec qui a redéposé la bagnole. Le mécano qui s'en est occupé l'a relativement bien décrit parce que le type lui a refilé cent balles de pourboire…

René, qui a la faculté d'ouïr à trois cent soixante degrés – dans les deux sens, horizontal et vertical, un vrai radar – intervient :

— Faut être bien con pour refiler un pourliche de milord quand on veut pas s'montrer ! Moi, tu m'colles dans les pognes un bifton d'cent, j'peux te faire un buste du bienfaiteur dans d'la mie d'pain.

Il a raison et ça prouve simplement qu'on n'a pas affaire à un truand chevronné.

Il est quoi ? Neuf heures et quart… à peine. J'ai prévu de ne pas trop tarder pour pouvoir se pointer à Ablon vers dix heures. Tout s'enchaîne comme une manœuvre de la Patrouille de France car mon téléphone sonne. C'est la « Portugaise » (selon Momo) qui m'annonce que sa mission est terminée. Je m'isole tant que faire se peut pour lui parler gentiment. Nous convenons de nous voir « comme hier ». Je me répète mais on prend vite des habitudes : j'accepte l'idée et elle raccroche. Je relate à mon collègue cette histoire de géolocalisation qui faisait justement partie des questions qu'on avait oubliées de poser. Il ne me reste plus qu'à lui trouver une mission qui n'attirera pas trop son attention pour me débarrasser de lui en fin d'après-midi. En attendant, on laisse l'improbable couple à ses divagations et on prend la route pour la maison Dumortier. Chemin faisant, j'informe mon collaborateur de ma méthode dans ce cas d'espèce :

— On reste flous. C'est la règle dans ce genre d'enquête où il n'y a rien de logique. Il ne faut rien dévoiler à personne et surtout pas aux témoins. On avance cachés. Donc, s'il te plaît, tu me laisses faire. On est là pour chercher des infos, pas pour en donner. Pas un mot à propos de cette histoire de permis. Pas un geste quand je regarderai nonchalamment le contenu du sac ou du portefeuille. Pas grave si on a l'air de patauger. On se rattrapera en apportant la clé de l'énigme sur un plateau.

— J'ai pigé.

— Je sais mais c'est bon de le rappeler. Car hier, quand on a appris qui était le titulaire du permis fourni, on a été limites, je trouve. C'est passé inaperçu mais il s'en est fallu de peu pour que la loueuse se pose trop de questions.

— Qu'est-ce que ça peut foutre ?

— Faut tout envisager. Imagine qu'elle soit complice avec ceux qui ont fait le coup.

— Elle n'aurait pas été idiote au point de nous filer ces renseignements dans ce cas-là. Tu regardes trop la télé.

Que dire ? C'est pas faux. Malgré des travaux qui nous ont ralentis, on arrive à Ablon dans les temps impartis. Quai Pasteur, il n'y a que des numéros pairs. En face, c'est la Seine. Chicos, le quartier. La direction générale d'usine paye mieux que celle d'une agence de détective. La baraque des Dumortier est presque un petit château. Il y a un léger côté Parc de Sceaux, la Seine en plus et le château en moins, qui doit être familier à mon copilote. L'architecture des bâtisses un peu pompeuses qui bordent ce quai est tout à fait proche de celles qu'on trouve dans la rue de sa vieille schnock, à mon Momo. Je trouve une place de stationnement très facilement, presque devant notre destination. J'aime beaucoup cette ambiance « fleuve ». Une péniche passe et dérange un couple de cormorans qui batifole sur une bouée. Il y a aussi ce parfum de rivière mélangé à l'air ambiant qui me rappelle des sensations d'enfance. Nous sonnons à une grille qui ne nous laisse pas le loisir d'admirer la propriété. Tout le paradoxe de ce genre d'endroit : faut que ça claque et, en même temps, faut que ça reste discret. Un autre monde. La porte s'ouvre toute seule et une allée gravillonnée nous invite à la suivre. En haut des quelques marches, devant la porte d'entrée, Jessica nous attend. Elle fait plus moderne que le décorum. Deux enfants se chamaillent près d'une balançoire. Je sens déjà comme une tension, une impatience. Elle a repris ses esprits, la petite, depuis sa visite dans mes locaux. Elle a dû les trouver pitoyables malgré ma décoration recherchée. J'en ai visionné des tutos, avant de me décider à assortir la lampe design de mon bureau avec les rideaux à lamelles. Il est vrai que je ne lui apporte pas tellement de satisfaction. Ma stratégie, expliquée à Momo en venant, n'y contribue pas. Elle doit déjà imaginer qu'elle perd son temps et son argent. Finalement, enterrer un cercueil vide ou plein, ça ne fait guère de différence, une fois la dalle de marbre remise en place sur le caveau. Qu'aura-t-elle gagné quand on aura, ou pas, retrouvé le disparu ? Mais je maintiens ma ligne de conduite contre vents et marées. Politesses, présentations à la maman qui adopte l'air de la veuve définitivement éplorée. La fille est le clone rajeuni de la mère. Je maintiens le mystère. Pire même, je baratine :

— Nous avançons bien. Nous procédons dans l'ordre. Déjà, nous avons listé tous les lieux où il était impossible de transférer les sacs de sable à la place de votre papa.

— Si vous trouvez que ça avance… Je préférerais que vous listiez (elle insiste sur ce « listiez ») le lieu où ça s'est produit. Mais aussi la motivation des auteurs et qui ils sont. On nage en plein vaudeville.

Nous faisons un métier difficile. Momo prend le relais :

— Il est très important de fermer toutes les pistes. Faites-nous confiance, on sait ce qu'on fait.

— J'espère… Entrez!

L'intérieur est un cran en dessous de l'ambiance extérieure. La carrosserie cache un moteur sous-dimensionné. Un peu à l'image d'une Jaguar qui roule avec un deux litres diesel de chez Peugeot comme une vulgaire vieille 405. C'est un peu vieux et lugubre. Propre mais impersonnel. On est chez des bourgeois d'opportunité. Manque quatre ou cinq générations pour apporter une âme familiale. Le mobilier est rustique. Faute de goût. Nous acceptons de nous asseoir dans un canapé en tissu qui doit être un convertible si j'en juge la barre qui me scie le bas du dos. Jessica avait tout prévu. Les effets personnels retrouvés sur les lieux du drame sont étalés sur la table basse en verre avec pieds en fer forgé peints en doré. Ovale, comme ça se faisait au milieu du siècle dernier. La veuve est au garde à vous et a du mal à cacher son « intriguation ». La fille est plus ouverte et nous propose un jus de fruit, un verre d'eau ou un café. « Ne vous dérangez pas, le verre d'eau sera très bien. »

Je commence l'inventaire avec une idée très précise derrière la tête. J'interroge:

— Vous avez fouillé le téléphone portable?

— Oui, en premier. Maman connaissait le code. Je n'ai rien trouvé. Ni dans la messagerie, ni dans le journal, ni dans les photos. Rien d'autre que du banal. Avant d'être attaqué par la bestiole, il avait…

Cette simple évocation arrache un petit cri à la maman qui doit vivre mentalement la charge.

— … pris quelques photos sans intérêt: des champignons et des roches gravées dans la forêt. Pas d'appel, pas de message.

Je n'estime pas utile de vérifier. S'il y avait des choses compromettantes, je suis sûr que la fille les aura effacées. Un réflexe bien naturel pour conserver la bonne réputation du mort. On aime avoir une belle impression des morts qui étaient toujours les meilleurs et qui manqueront tant à la famille, voire à l'humanité. Madame Dumortier renifle en déposant le plateau avec des verres et une bouteille de Badoit. J'en profite pour examiner le portefeuille. Je sors un à un les papiers qu'il contient en cachant mes réactions. Je dispose le tout bien en ordre sur la table.

— Tout paraît normal, en effet. Je ne trouve rien qui m'interpelle. Un portefeuille classique avec papiers d'identité, permis de conduire, carte bancaire, carte grise, etc. Comme tous les portefeuilles qui n'ont rien à dire. Tu en penses quoi, André ? (L'appeler Momo devant une cliente, je ne peux pas. Déjà qu'il ne fait pas très sérieux avec son moignon.)

— Pareil !

Je remets tout bien comme il faut, avale mon verre d'eau. J'ai ce qu'il me faut. On reviendra plus tard, si nécessaire, sur cette histoire de permis. Celui que j'ai vu a été refait aux normes actuelles, il y a peu de temps. Une explication sera utile. Plus tard. Et pas sûr que la fille puisse me la fournir. Pour la forme, j'examine la carte d'identité. Sérieux, le fugueur, tout à fait la tête de l'emploi, aucune fantaisie. J'ai envie de partir mais je trouve une idée :

— Et la voiture ? Vous avez récupéré la voiture ?

— Oui, avec du mal. On ne la trouvait pas. Il a fallu parcourir tout Ballancourt pour la localiser, garée devant l'église. Assez loin de la scène de…

Elle réfléchit et ne trouve pas de mot.

— Et tout était normal ?

— Oui. Ses clés étaient dans son sac. On l'a récupérée. Elle est au garage. Vous voulez la voir ?

— Pourquoi pas. Mais je doute pouvoir trouver un rapport avec ce qui s'est passé au moment des obsèques.

Nous voilà, descendant en délégation vers le garage qui se situe sous le perron.

16

À chaque jour suffit sa peine

On va qualifier cette visite du garage de diversion. Le Range Rover du capitaine d'industrie champignonniste ne nous apprend rien. Un modèle récent mais pas du dernier cri. On en fait quand même, Momo et moi, une fouille minutieuse pour donner le change et laisser penser qu'on ne prend pas notre job à la légère. Je promets des résultats significatifs sans m'avancer plus que ça. On va laisser ces dames déjeuner et se préparer pour le coiffeur. Nous prenons congé. Depuis le début de cette histoire qui ne tient pas debout, je suis mal à l'aise. Quelque chose d'indéfinissable ralentit ma motivation. Retrouver un cadavre que personne ne revendique, c'est pas banal. Et encore moins valorisant. Qu'est-ce que je vais bien pouvoir facturer ? Sur quoi me baser ? Si on le retrouve, sur le prix du kilo de bœuf ? Et si on ne le retrouve jamais ? Pour moi, un mort disparaît à tout jamais, enterré ou pas.

Je ne vois guère de différence avec la situation du père Dumortier. Sauf qu'on ne sait pas où il est. Et encore moins pourquoi il y est. Je pense à l'analyse du sable. On n'a pas eu le résultat. Ça me donne une idée : envoyer Momo s'en occuper pendant que j'irai voir Cristina. Je l'en informe en grimpant dans la voiture. Jessica nous a raccompagnés jusque dans la rue mais elle ne reste quand même pas pour regarder la voiture partir en agitant son mouchoir. On a à peine un pied sur le trottoir que le portail se referme tout seul.

— On va déjeuner quelque part et cet après-midi, tu essayes de contacter le commissaire pour voir s'il a du nouveau à propos de l'analyse du sable.

J'ignore s'il comprend la perche mais il le cache bien. Au contraire, il va dans mon sens :

— Bonne idée car on a l'air de guignols à tout faire tous les deux. J'ai l'impression d'être ton homme de compagnie. Et après ? Tu me récupères pour aller chez CaissenLoc ?

En fait, il n'a rien compris du tout.

— Non, je dois passer chez ma mère voir ma fille. On est mercredi. Je vais y aller et je ferai un crochet par Gentilly en revenant de Paris.

Je suis content de moi. Mon mensonge tient debout. Je ne vais jamais voir ma fille le mercredi mais je vais devoir occuper mon oisiveté forcée. J'irais bien voir Enzo mais après la conversation que je viens d'avoir avec ses mères, je crois qu'il vaut mieux patienter encore quelques jours. Pour rapprocher mon collègue du commissariat, on décide d'aller déjeuner au P'tit Bistrot, à Vitry. Idée sympathique mais pas bonne. On y tombe sur Saint Antoine qui déjeune avec le commissaire Grabuge, son homologue de Choisy. Ça foire un peu mon idée pour occuper Momo car Christelle, la patronne, nous colle à la table juste à côté. Ce qui gène autant la fonction publique que l'entreprise privée. Je connais peu Jean Grabuge bien que vivant à deux cents mètres de son commissariat. Un homme discret qui se fait respecter. Bien plus jeune que Théo mais de la même école : la police classique. Je sais par Vaness' qu'ils s'entendent bien. Leur ton est bas mais je peux vous dire que ça parle de « grille » (salaire sans doute), de ministre, de budget. Ils partagent les mêmes problématiques. Le vieux me fait signe. Nous nous levons pour les saluer.

— Nous ne voulions pas déranger.

— Si vous vous mêlez de ce qui vous regarde, vous ne nous dérangerez pas. Vous connaissez mon ami Grabuge ?

Je souris au désigné et fais une gaffe (il en faut bien une par bouquin) :

— De vue seulement, on se croise parfois.

— Qu'est-ce que vous foutez à Choisy ?

C'est le seul francilien qui ignore que je vis, et bien plus, avec sa lieutenante préférée. Le jour où il l'apprendra, soit il prendra sa retraite dans un ermitage du Larzac, soit il la mutera à Limoges. La première option ne me poserait aucun problème mais je ne suis pas disposé pour la seconde. Je réponds d'un haussement d'épaules.

— Je confonds peut-être…

Momo adore me voir me raccrocher ainsi aux branches. Il a même, m'a-t-il dit un jour, une certaine admiration pour ma capacité à retomber sur mes pattes. Petite courbette et on rejoint notre table. Le vieux nous retient.

— J'ai eu le résultat pour votre sable.

— Ah ? Et ?

— Eh ben, c'est du sable. Du vrai sable, cent pour cent sable. Avec rien dedans. Du sable de construction comme on peut en trouver dans tous les ports de la Seine. Impossible, avec les techniques actuelles, de déterminer la provenance exacte. Un jour peut-être… Avec le carbone 14, qui sait ?

Il aime bien faire le mariolle quand il a du public. C'est un cassant. Un petit, un mesquin. Je me demande vraiment ce que je lui trouve. À part sa lieutenante et les coups de main qu'il me file (pas la lieutenante), je me passerais volontiers de lui dans mon paysage. Et pourtant, je l'aime bien. Ça vous arrive, à vous, de bien aimer quelqu'un que vous ne pouvez pas supporter ? À part votre femme, bien sûr. Grabuge écoute. Je vous file mon billet qu'on devient, mon manchot et mézigue, le principal sujet de leur conversation en sourdine de fin de repas. Café, pousse-café, elle va être fraîche, la Judiciaire du Val-de-Marne. Ils partent sans un regard pour notre table. La salle est si petite que j'ai l'impression qu'elle se vide. Je ne vous raconte pas ce qu'on mange, comme ça, vous pourrez imaginer ce que vous voulez. Momo, qui n'est jamais un grand bavard, est silencieux. Stéphane, le patron-cuistot, vient faire son petit tour en salle, histoire de se détendre. Il salue un à un les convives restants. Dont nous.

— J'ai l'impression que Saint Antoine se cherche un successeur, qu'il nous envoie sans préparation.

— Pourquoi tu dis ça ? Tu as entendu quelque chose ?

— Non, mais il se fait vieux et c'est rare de le voir débarquer avec un collègue. Je sais qu'il aime bien celui de Choisy.

— Je lui poserai la question, promis…

Ce dialogue est bizarre. On ne sait pas trop qui parle de Stéphane, Momo ou moi mais ça n'a aucune importance, ça prouve seulement qu'on est sur la même longueur d'onde.

Le taulier retourne dans les coulisses en s'essuyant les mains dans son tablier. La salle est désormais totalement vide. Christelle débarrasse. Elle n'est pas du genre à mettre les chaises sur les tables pour faire comprendre que le service est fini, mais on respecte. Je paye et on se retrouve dehors.

— Je fais quoi maintenant qu'on a la réponse pour le sable ?

— Tu m'accompagnes aider Elve dans ses devoirs ou tu rentres chez toi. Comme tu préfères.

— Je vais aller chez le coiffeur.

— Bonne idée ! Tu veux que je te dépose ?

— Non, je vais marcher.

Et moi, qu'est-ce que je fais ? Il est encore tôt pour débarquer à Gentilly. Quoique… J'appelle Cristina pour tâter le terrain.

— Maintenant ? Mais oui, passe !

Quand j'arrive, le local est fermé. Il faut sonner. Je sonne. C'est la patronne en personne qui vient m'ouvrir.

— T'es pas encore ouverte ?

— Si, mais le mercredi on fait comme ça.

— Ta fille n'est pas là ?

— Non, je n'ai pas les moyens de la payer à plein-temps. Même si elle me coûte le double d'une salariée. Le mercredi, grâce à son BAFA et à mes connaissances, elle est animatrice périscolaire au centre de loisirs de Gentilly. Bon, rentre ! Tu ne vas pas rester sur le trottoir. J'ai travaillé pour toi. Faudra que tu m'expliques pourquoi tu t'intéresses tant à ce Ducato, maintenant que…

Maintenant que quoi ? Où est-il écrit que le fait de coucher levait automatiquement le secret professionnel ? Mais elle le mérite bien. Enfin, si je peux dire ainsi. Elle mérite ma confiance. Je ne vois pas quel serait son rôle dans cette embrouille. J'ai appris à me méfier de tout le monde dans le cadre d'une enquête, même du mandant, de ceux qui pleurent, de ceux qui passent. Je suis devenu parano. Mais il y a des limites à tout. Je raconte donc l'histoire à celle que je suis dans l'escalier. Un grand blond a passé sa tête quand il a entendu sonner. J'apprends que c'est le collègue de Kamel. On s'installe directement dans la pièce secrète derrière le roll-up. J'essaye de trouver les mots, de tourner un peu autour du pot pour ne pas tout lui dire. Je ne sais pas faire. Je lui balance tout. Elle en tombe sur son magnifique cul quand je lui annonce l'identité du disparu, sa fonction et que selon ses documents, il serait aussi son locataire.

— Comment c'est possible ?

— C'est pas possible, justement. C'est là mon problème. En plus, rien ne tient debout. On sait que le type a été victime d'une charge de sanglier. C'est donc accidentel. Comment et pourquoi organiser, si rapidement, ce rapt pas ordinaire ? Comment et pourquoi utiliser son ancien permis pour louer le véhicule ?

— Pour arrêter la piste.

— Oui, bien sûr, mais quand même. Sans le malaise du croque-mort, personne ne se serait aperçu de quoi que ce soit. Alors pourquoi toute cette mise en scène ? Surtout pour faire le mort ensuite. Ça serait les reliques de Saint Théodule de Byzance, ça aurait peut-être une valeur marchande. Mais là ? Un macchabée, ça se met pas sous verre.

Elle s'intéresse au truc. Je le vois bien car elle se gratte la tête sans tenir compte de l'environnement qui est déjà gravé dans nos mémoires comme un lieu de plaisir. Elle émet une hypothèse qui confirme qu'elle est bonne cliente des fake news et autres théories du complot.

— Peut-être que c'est pour le congeler et le réanimer quand la science aura fait des progrès ?

— Des progrès en quoi ? En sanglier ? Après le passage chez le thanatopracteur, je demande à voir dans quel état il sera quand ils le réveilleront.

— Oui, tu as raison… Les extraterrestres, alors ?

Elle se fout de moi mais je mets un certain temps à m'en rendre compte. Juste le temps de constater qu'elle change de registre en se rapprochant de moi. Une douche s'impose. Ensuite, tout n'est que réflexes. Je ne me souviens plus de rien. Les extraterrestres, peut-être…

J'ai failli repartir sans qu'on ait évoqué ce pour quoi je suis venu : la géolocalisation. Pourtant, la piste se resserre. Après le locataire fantôme, enfin un peu de concret. Et du pas loin. On va digérer ça au chapitre suivant.

17

Soirée en famille

Le manque de lumière naturelle abolit tous les repères et engourdit ma réflexion qui n'en demande pas tant. Cristina est à l'aise après l'amour. Moi, piteux. Il me faut un délai de réintégration. Elle quitte le studio quelques instants et revient avec ses trouvailles. Un vrai document de pro qui retrace minute par minute les déplacements du Ducato. Tout colle parfaitement avec nos constatations sur les vidéos des caméras du Mionnay et de l'autoroute. Mais le plus intéressant n'est pas là. Et ma camarade, qui se passionne désormais pour mon affaire, met aussitôt le doigt dessus, avec le même talent tactile que pour me mettre en forme.

— Tu vois ce que je te disais ?

Non, je ne me souviens pas mais je ne vais pas tarder à savoir.

— Regarde ! Les deux jours avant la restitution, l'utilitaire n'a pas bougé d'un mètre.

— Et tu m'avais dit ça ?

— Oui, je t'ai dit que je pensais qu'ils l'avaient gardé pour lisser le kilométrage.

Comme c'est bien dit ! Mais exact.

— On a de la précision concernant ces deux jours d'immobilité ?

— Oui, bien sûr. Regarde !

Elle me montre un point sur le plan avec des coordonnées GPS.

— Après la Poterne des Peupliers, là où tu l'as perdu, il est remonté par la rue du Moulin des Prés. Regarde : on voit même qu'il a stationné près d'un quart d'heure juste à l'entrée du square des Peupliers. Peut-être que la route était bloquée, c'est pas rare à cet endroit, mais un quart d'heure, ça me paraît bien long.

— Qu'auraient-ils fait tout ce temps dans un square ?

Elle rigole. J'ai dit une bêtise ?

— Le square de Peupliers est une ruelle parmi les plus originales de Paris. Une ruelle qui forme un triangle dans laquelle on entre et on sort par la rue du Moulin des Prés. Tu auras sans doute l'occasion d'aller y fourrer ton nez…

Elle suspend son discours, probablement émue par cette évocation métaphorique.

— Tu verras, c'est surprenant ces petites maisons collées les unes aux autres.

Maintenant qu'elle en parle, ça m'évoque, en effet, quelque chose. Bon, quinze minutes d'arrêt. Qu'est-ce qui peut justifier ça ? Et puis c'est peut-être un hasard. Le square est-il concerné ? À creuser. Je suis le doigt de Cristina sur le document.

— Et voilà ! Destination finale ! Le véhicule a ensuite regagné directement la rue Samson, en plein cœur de la Butte-aux-Cailles et n'en a plus bougé. Je peux même te dire qu'il a stationné dans un garage pendant tout le reste du temps… ou presque. Regarde ! Juste avant la restitution, il a fait un crochet par la rue des Rondeaux, dans le XXe. Bizarre, non ? Comme s'ils allaient déposer quelqu'un.

Ou quelque chose, pensé-je *in petto*.

— Tu as une précision pour cette rue ?

— Oui, ils sont rentrés au niveau du numéro 71 dans une enceinte quelconque : impasse, hôtel particulier. Faudra que tu vérifies sur place.

J'ai l'impression que sa facette « chef d'entreprise » prend le dessus et qu'elle me donne des ordres. Bien sûr que je vais aller vérifier sur place ! Pas besoin de ses conseils. N'empêche que ses gadgets modernes me sortent de l'enlisement. Je prends conscience que, dorénavant, qui qu'on soit et quoi qu'on fasse, on est traçable. *1984*[9], on y est. Et pas avec tant de retard que ça. Effrayant. Je ne vais pas faire la fine bouche car, dans le cas présent, je suis le bénéficiaire de cette déshumanisation de la liberté individuelle. Je vais repartir repu et avec plein de matériel. Ce qui me rend joyeux et excité. Les idées se bousculent. Cristina me les rafraîchit.

— Je dois récupérer Julie au centre de loisirs…

Je regarde ma montre. L'après-midi a bien avancé et ça m'arrange de me retrouver à la rue.

9. Roman culte de G. Orwell qui décrit une Grande-Bretagne où la liberté d'expression n'existe plus. Toutes les pensées sont minutieusement surveillées, et d'immenses affiches sont placardées dans les rues, indiquant à tous que « Big Brother vous regarde ». Source : Wikipédia.

Nous convenons de ne pas en rester là et elle me libère. Façon délicate de dire qu'elle me fout à la porte. Je quitte la rue Frérot et ses délices avec un tas d'informations précieuses. Il est un peu tôt pour déclarer la journée terminée et je ne suis pas loin des endroits qu'on vient d'évoquer. Il me suffit de traverser la Poterne, qui est à un jet de pierre, pour m'imprégner des lieux. Je trouve à stationner dans la rue du Moulin des Prés, devant une boutique de matériel pour peintres. Je redécouvre le square des Peupliers, que je connaissais déjà pour l'avoir visité, il y a longtemps, dans le cadre d'une balade. J'en fais le tour en deux minutes à pied. Étonnant endroit. Vous faites cinq pas et vous changez d'univers. Puis je roule jusqu'à la rue Samson, en plein cœur du quartier de la Butte-aux-Cailles. Là aussi je me gare et c'est à pied que je repère le garage où la fourgonnette et son macabre chargement ont fait une longue escale. Un garage particulier classique. On se croirait en banlieue. Je renonce à grimper jusqu'au XXe arrondissement pour voir à quoi ressemble le 71 de la rue des Rondeaux. L'heure et la circulation ne m'y encouragent pas. Demain, il fera jour. Le retour sur Choisy est rendu compliqué par le vaste chantier qu'est devenu Paris qui étouffe, enfermé dans son périphérique, et qui explose. Vaness' est déjà rentrée. J'ai honte. Il va falloir que je me reprenne. Je me fais une (bonne) raison en me persuadant que c'est (presque) pour les besoins de mon enquête que je sors ainsi des clous. En tout cas, ça n'y fait pas de mal. Je file sous la douche, ma quatrième de la journée, et j'en ressors les idées claires. René m'a appelé pour me demander si j'avais un

Kärcher. Je n'en ai pas. L'« effet Paulette » est radical sur lui. Aurait-il décidé de nettoyer sa salle de bains ? Je le rappelle pour lui annoncer la triste nouvelle.

— T'inquiète… Comme tu répondais pas, j'ai demandé à mon voisin. Tout bénef : il veut bien me prêter le sien à condition que ça soit lui qui le passe. Comme ça, tranquille. C'était pour ma terrasse de derrière. Paulette veut qu'on achète un salon d'jardin pour les petits-déjeuners. Comme j'y mettais mes encombrants, je vais tout virer à la déchetterie demain et le voisin attaque aussitôt. T'as pas un salon d'jardin qui te sert plus ?

— Non plus !

— T'en es où dans ton clamsé ? Tu l'as r'trouvé ?

— Pas encore, mais ça avance.

— Remarque, j'te d'mande ça… Au fond, j'm'en fous, j'ai tourné la page. Depuis qu'toi et Momo… Comme dit Paulette, c'est pas mes oignons. Mais quand même, des fois j'aidais bien.

— Oui… Mais maintenant que tu as une vie maritale, ça serait plus compliqué.

— Ben, déconne pas, non plus ! C'est pas comme ça qu'il faut l'voir. C'est écologique. Comme le télétravail. Faut voir ça comme de la télé-baise. J'ai plus d'déplacements ! J'bouffe moins d'carbone. Quand on peut faire kekchose pour la planète ! J'baise plus en bougeant moins. Tu l'crois, ça, toi ? Ça vaut bien un salon d'jardin. Pourtant j'chuis pas très pour, rapport aux fumées des usines et à l'immeuble de derrière qu'a trente-six apparts qui r'gardent chez moi. Déjà, avant, quand j'sortais dans l'jardin, y avait tout l'monde qui s'foutait au balcon. Alors t'imagines, maintenant, avec Paulette. Surtout que quand y va faire beau, elle va bronzer à poil. Pour la vitamine D. Elle a vu ça à la télé.

— Ça donne envie de louer derrière chez toi.

— C'est sûr que ça va augmenter le prix des loyers. Des apparts avec vue, c'est c'qui manque le plus dans la région. Bon j'te laisse, y a Cordula à la télé. Avec Paulette, on n'en rate pas une.

Vaness', qui a tout entendu, est pliée en deux. En bon chef d'entreprise, j'appelle Momo pour lui donner des nouvelles. Lui parler de mes avancées (pas de mes avances) de cet après-midi me donne l'impression de me dédouaner vis-à-vis de Vanessa. Et puis c'est naturel puisqu'on bosse ensemble. Difficile à dire si ça le réjouit. Interpréter ce qu'il pense sans l'avoir de visu, c'est mission impossible. En le voyant et en le connaissant un peu, c'est à peine plus facile. Le Momo est loin d'être une science exacte. Au moins, on aura des pistes demain quand on se retrouvera. On décide que ce sera à neuf heures et au bureau. Il me confirme avoir bien été récupérer le rapport d'analyse du sable et que, comme l'avait dit Saint Antoine, il n'y a rien à en tirer. Je ne m'en étonne pas. Même si je ne comprends toujours pas, les dernières révélations parlent à mon intuition. On a du pain sur la planche. Et je préfère le remettre à demain. Ma compagne a une idée :

— Il n'est pas trop tard et on est mercredi. Si on allait faire une surprise à ta mère et ta fille en allant leur rendre visite ?

Pas une mauvaise idée, même si me retaper les embouteillages ne m'emballe pas plus que ça et que je connais, par avance, la réaction de ma mère : « Y a de l'école demain ! » Je n'ai plus trop d'excuse, les travailleurs sont rentrés chez eux et les banlieusards ne montent pas beaucoup à Paris le mercredi soir. Je suis titillé par l'envie de faire un crochet par la rue des Rondeaux mais ça serait exagéré.

Comme je l'imaginais, ma reum nous a accueillis un peu froidement mais la présence magique de Vaness' a nettement arrondi les angles et, au final, on a passé une belle soirée, pour le plus grand plaisir d'Elve qui a mis son costume de préado blasée de côté, ravie d'une telle diversion. Dîner improvisé sur place. Ma mère n'aime pas l'improvisation mais encore moins les sorties imprévues quand « il y a de l'école demain ». Au retour, je n'ai pas pu résister.

— Un truc à vérifier. Ça durera deux minutes, que j'explique à Vaness' en prenant le boulevard extérieur au lieu du périf.

Ma fliquette comprend très bien puisqu'elle a écouté ce que je racontais à mon manchot. Et puis j'aime bien circuler dans Paname quand tous les Parisiens, dont aucun ne sait conduire, sont collés devant leurs télés pour assister à la dévastation du monde. Ici et jusque-là, tout va bien. Pourvu que ça dure. L'air est vif, je roule la vitre ouverte, la main sur la cuisse de ma passagère. Elle envoie de mystérieux SMS ou fait du Snapchat avec autant de mystérieux correspon-dants ou -dantes. Mon GPS me guide et m'informe que la destination est proche. Plus que quelque trois cents mètres. Je connais bien le quartier. « Prenez la première à gauche et vous êtes arrivé à destination. » Surprise ! Divine surprise. Je ne connaissais pas le nom de la rue mais l'endroit me parle tout de suite.

18

Révélation fumeuse

Le 71 rue des Rondeaux m'a foutu une sacrée claque hier soir. J'en ai pas dormi de la nuit. J'exagère parce que, si, j'ai dormi un peu quand même, avec de drôles de rêves. Vous savez, les trucs pesants où rien n'est naturel. Pas des cauchemars mais des situations ordinaires où tout foire. Vous êtes au volant, généralement perdu ou en retard, il y a votre famille (que vous ne connaissez pas dans la vraie vie) entassée sur la banquette arrière et, au moment d'arriver, vous descendez de vélo en tenant un chien en laisse. Que des trucs laborieux de ce style ! Alors ce matin, avec Momo raide comme l'obélisque, on n'est pas frais sur les pavés de l'entrée du cimetière du Père-Lachaise. En réalité, il n'y a pas de 71 dans la rue des Rondeaux. Il ne s'y trouve que des numéros pairs. Mais depuis un quart d'heure qu'on s'est garé, on a eu le temps de faire connaissance avec la topographie locale.

Le 71 rue des Rondeaux se trouve à l'intérieur du cimetière et ne passe pas inaperçu. Il s'agit en réalité du crématorium : une sorte de chapelle mastoc de style néo-byzantin, surmontée d'un dôme. Vous lui collez quatre minarets et il est homologué « mosquée » sans autre formalité. Deux énormes cheminées en définissent parfaitement la fonction. Classé aux monuments historiques depuis peu, il est entouré de quatre ailes de style plus classique qui constituent le columbarium. Plus de quarante mille niches. La crémation a un bel avenir devant elle et, sur Paris, c'est l'unique structure de cette nature. Mais que fait-on là ? Qu'est-ce qui a foiré pour que nos ravisseurs finissent ici avec, probablement, le fruit de leur larcin ? Les questions se bousculent. Peut-on se pointer ainsi avec sa camionnette en disant : « Si entre deux, ça ne vous dérangerait pas de lyophiliser pépé. Je vous refilerai un petit billet. Tant que le four est chaud. » J'imagine qu'il y a quand même un minimum de formalités pour accéder aux services de cet établissement où ça se bouscule. Momo, d'habitude si tempéré, ne moufte pas non plus. Il réfléchit. Justement, une cérémonie est en cours. Une autre attend et une troisième arrive. Nous sommes bientôt cernés par des familles en recueillement. Les femmes en talons ont du mal à rester droites sur le pavé. Leur déambulation les fait paraître ivres. Sans doute certaines le sont-elles. Ivres de chagrin. Les gens, à l'extérieur, se parlent à voix basse par petits groupes. Je me demande, même si ça ne m'avance à rien, combien de gens sont ainsi cramés chaque jour. Je crois savoir qu'on approche les dix mille par an. Faites la division vous-même, sans oublier de tenir compte des jours de fermeture et en sachant que cinq fours y sont opérationnels. Ça marche tellement qu'un second crématorium va ouvrir ses portes dans trois ans dans le XIXe. Une affaire du feu de Dieu ! Momo me tire la manche :

— Tu m'aurais prévenu, j'aurais pas mis un tee-shirt jaune.

— Je voulais te faire la surprise.

— Réussi ! On fait quoi maintenant ?

— On sort. On reviendra mais là, c'est prématuré. On ne sait pas quoi demander ni à qui.

— Pourquoi on est venus, alors ?

— Je te l'ai dit : pour te faire la surprise. Parfois, un grand choc peut donner des idées.

— Ça t'en a donné à toi ?

Non, malheureusement non. Mais on avance. La présence d'un mort dans un cimetière nous rapproche de la logique. Mais tout ce binz… Cette fumée qui sort de la cheminée me rend mal à l'aise. Nous quittons le Père-Lachaise pour nous noyer dans la vie. La terrasse de L'Indiana, sur la place Gambetta qui est à deux pas, convient très bien pour que nous prenions les bonnes décisions. Regarder les gens vivre, tant qu'il y a de la vie, est réconfortant. Ma tête est embrouillée. Je suis fiévreux. Quelle décision prendre ? Momo, mon sauveur :

— On commence par quoi ? Le square des Peupliers ou la rue Samson ?

— La rue Samson, forcément, puisqu'on a l'adresse précise. Mais il va falloir y aller mollo. Il est encore trop tôt pour se faire repérer. La chance qu'on a, c'est que la rue est petite. On va pouvoir tout faire à pince.

— Si on trouve à se garer.

— Si on trouve à se garer, tu as raison. Avale ton jus et on y va.

Le café est bon et chaud. Pas utile de se brûler, même si ça mettrait dans l'ambiance. À la table d'à côté, deux nanas branchouilles (piercings et tatouages, bronzage artificiel et maquillage permanent, lissage et dorures) se côtoient. Chacune le nez et les doigts sur son iPhone dernière génération. Insensibles (du moins en apparence, sinon ça servirait à quoi cette sophistication ?) aux regards qu'elles suscitent. J'aime bien les regarder, ça me change les idées, ça m'évade, ça me rend la vie. Même le si stoïque Momo semble subitement pris de nystagmus. Il fait des efforts démesurés pour que ses œillades passent inaperçues. Je suis moins discret, plus lourdingue. Si bien que celle qui me fait presque face me lance un regard éloquent d'agacement. Ne voulant pas passer pour un crevard, je slurpe le fond de ma tasse et je me lève. Une prune. Quoi de plus normal à Paris ? Je tourne un peu autour de la Butte-aux-Cailles et finis par trouver une petite place dans une rue perpendiculaire à la rue Bobillot. Je re-glisse mon PV sous mon essuie-glace pour le cas où, sur un malentendu, ça m'éviterait une amende supplémentaire. J'aime la Butte-aux-Cailles. En raison de la présence des carrières dans le sous-sol de cette colline, c'est resté un village au cœur de Paris. Impossible d'y construire des immeubles lourds et Hausmann a dû renoncer à ce coin du XIIIe. Évidemment, ça n'a pas échappé à la boboïsation ni à une certaine typiquasition du quartier qui en fait désormais un lieu hautement touristique où l'authenticité paraît bien factice. Mais quand même, s'y balader reste un plaisir et on y fait des découvertes à chaque coin de rue. La rue Samson s'écarte un peu du sommet de la colline qui constitue le centre. Elle descend doucement jusqu'à la rue Gérard qui la prolonge pour presque arriver à la Place d'Italie. En s'éloignant de la rue de la Butte-aux-Cailles, colonne vertébrale du quartier, elle s'endort doucement et fait penser à une rue de petite ville de province. Des immeubles bas, presque des pavillons de banlieue, s'y succèdent. La circulation l'épargne. Beaucoup de tags, de collages, de pochoirs ou de graffs en marquent le caractère. On est hors de la ville. Le garage où a stationné le Ducato pendant deux jours est facile à repérer. Ce qui l'est moins, c'est de déterminer s'il appartient à la maison de gauche ou à celle de droite. D'autant qu'on doit rester discrets. Sinon il nous suffirait de toquer aux portes. Comme il y a beaucoup de déambulations dans ce coin de Paris, nous passons inaperçus au milieu des photographes du dimanche qui cherchent le bon angle pour enrichir leur compte Instagram (n'hésitez pas à vous abonner au mien : « angledroitciceron », une merveille !). On est servis par la chance car sur la porte du garage, il y a un collage très sympa qui attire tous les regards. Les nôtres ne choquent donc pas. Seulement, aucune autre indication ne nous aide. Je relève discrètement, en les photographiant, les noms sur les boîtes aux lettres de chaque côté. Je vais avoir du travail de bureau pour voir s'il y a un rapport entre ces noms et ceux qui entourent notre affaire. Momo est remonté un peu plus haut et discute avec une vieille qui pousse un landau. Un machin qu'aucun môme de ce siècle n'a jamais vu. Dans le panier du dessous, entre les grandes roues montées sur amortisseurs à lamelles, des poireaux et un paquet de PQ. Il aime bien les vieilles déglinguées, le Momo, faut croire. Le couple improbable dévale le bout de colline et passe devant moi sans me calculer. La dame serre le frein du chariot avec son pied chaussé d'une charentaise. Je ne les entends pas, ils chuchotent. Mais je peux voir le « bébé ». Il s'agit d'un ours en peluche taille XXL d'un jaune pisseux naturel. Miracle, la dame ouvre la porte de la maison de gauche. Ça va peut-être nous aider. Par élimination car je ne peux pas imaginer qu'elle soit l'instigatrice de tout ce morbide bazar. Mon adroit manchot l'aide à entrer son attelage qui passe juste dans la porte et je l'entends lui déclarer : « La prochaine fois, promis. Là, je vais rater mon train. » La porte refermée, il me rejoint :

— On a du bol.

— Je vois ça.

— Non, c'est encore plus gros.

— Raconte !

— Elle m'a pris pour son neveu. C'est elle qui m'a abordé. Elle a été étonnée de me voir avec un bras en moins mais je l'ai rassurée en lui expliquant que j'étais en attente de greffe. Comme ça, quand elle reverra le neveu, elle ne sera pas surprise de le trouver entier.

— Et c'est ça que tu appelles du bol ?

— Non… Mais t'as vu où elle crèche ? On a pu causer un peu. Au début, j'ai failli lui dire qu'elle se trompait et puis, vu qu'on était dans la bonne rue, je me suis dit que… J'ai commencé par lui demander des nouvelles de l'oncle. Petite gaffe, elle m'a rappelé qu'il était mort avant ma naissance. Mais elle était si « contente que j'aie pensé à venir lui faire un petit coucou » qu'elle ne s'est pas attaché à ce détail historique. Ne restons pas là, on va causer ailleurs.

Nous remontons la rue et nous installons à la terrasse du café « Les Cailloux », plus calme que celles des bistros du trottoir d'en face. On se fait des récompenses comme ça : une avancée, une terrasse et deux cafés ! Vue imprenable sur les alentours et le cœur du quartier. Il m'explique :

— Le garage appartient à la maison de droite. Mais elle ne sait pas exactement à qui car cette maison est divisée en deux appartements…

Je regarde la photo que j'en ai prise et, effectivement, il y a deux noms sur les plaques et deux sonnettes. La cible se réduit.

— … mais ce qu'elle sait, c'est qu'il s'y passe de drôles de trafics. En tout cas, c'est pas souvent qu'on y gare une voiture. Les gens d'ici n'ont pas de voiture.

Quel luxe, en plein Paris, de disposer d'un garage ! Et quel super luxe quand on n'a pas de bagnole ! Je ne l'arrête pas. À peine si le serveur qui vient nous déposer les cafés et la note parvient à lui faire baisser un peu le ton.

— Je lui ai demandé si elle se souvenait avoir vu un camion s'y garer récemment. Elle m'a dit « peut-être bien que oui », qu'il y a eu une camionnette. Elle en est sûre car comme le garage est petit ou encombré, ils ne pouvaient pas le fermer complètement et le nez dépassait un peu sur le trottoir. Mais ça arrive souvent qu'il soit occupé par le voisin d'en face qui a un logement qu'il loue aux touristes. Quand c'est nécessaire, selon elle, il s'arrange avec le proprio pour mettre le garage à disposition pour ses locataires.

Eh ben, vous voyez qu'on avance !

19

Assistance à la personne

Le plus délicat, dans le métier, c'est de ne pas confondre vitesse et précipitation. Les indices, les témoins, les preuves ont tôt fait de s'écarter de votre passage si vous ne savez pas doser. On apprend ça en première année ou, dans mon cas, sur le terrain. Et je suis bien embarrassé devant ma tasse. La rue de La Butte-aux-Cailles grouille de piétons dans les deux sens. Une sorte de mini Montmartre. Que faire ? Chaque étape nous avance mais il ne s'agit pas d'en griller une. Momo suggère d'aller faire un tour au square des Peupliers. Qu'y ferait-on à part risquer de se faire repérer ? Ce genre de rue, très privative, n'échappe pas à la vigilance des voisins et celle-ci, malgré tout son intérêt, est presque toujours déserte. Faut faire un détour, vous comprenez. C'est vrai qu'il faut la connaître. Impossible de s'y retrouver par hasard. Je diffère donc ce projet. Nous avons encore de la viande autour de l'os ici.

Cette information que le garage est souvent loué au voisin d'en face change la donne. Mais par quel bout la prendre ? Le « neveu » est maintenant trop connu à l'adresse dont nous disposons. Et cette histoire de Père-Lachaise, comment l'aborder ? Enlever un mort qui allait au cimetière pour l'emmener dans un autre, surtout si discrètement, n'a aucun sens. Rien ne tient debout. Un local « typique » (genre SDF folklo comme on en croise dans tous les quartiers) vient nous tenir le crachoir. Il imagine que Momo, avec son bras en moins, fait partie de la confrérie des gens de la rue. Il nous bonnit l'historique du quartier depuis le XVIIe siècle, à l'époque où la colline appartenait à un certain monsieur Caille, d'où le nom du quartier, jusqu'à son rattachement à la ville de Paris (avant, le lieu appartenait à Gentilly). Je lui offre un café et un sandwich jambon-beurre et j'en profite pour le laisser avec mon adjoint :

— Reste là, je te récupère dans une demi-heure.

Je redescends la rue Samson et j'appuie sur la première sonnette de la maison à droite du garage. J'avais une chance sur deux et c'est la bonne. Une dame d'aspect « classique-soigné » m'ouvre. Elle est déçue en me voyant car, m'explique-t-elle, elle attendait une livraison. De nos jours, on ne fait plus que ça, guetter les livreurs. Le commerce vient à toi. Sushis, livres, aspirateurs, fringues et même courses de tous les jours arrivent directement à domicile. Plus besoin de sortir. C'était si fatigant d'aller dehors. Je lui dis qui je suis mais pas encore ce que je cherche. Elle trouve ça original et intrigant et m'invite à pénétrer son intérieur. Ce que je fais avec le doigté de l'homme bien élevé car la dame est de pure souche parisienne et un peu pouêt-pouêt à ce que j'en juge immédiatement. Le salon est petit mais chaleureux. Dommage que Momo soit resté en formation historique car je suis certain qu'il aurait kiffé la bonne femme. Tout à fait le genre de son aristo : menue, précieuse, avec des dents à croquer des sablés et une permanente inaltérable. Fesses de serin et petits doigts en l'air. Tailleur Chanel et souliers vernis. Madame Mercier, puisque c'est le nom inscrit sous le bouton de la sonnette, m'invite à m'asseoir et me propose un rafraîchissement. Je n'aime pas ce genre de guet-apens. Surtout que j'ignore encore si je suis à la bonne porte. J'accepte sa citronnade-maison et je demande :

— Le garage vous appartient-il ?

— Mais oui, bien sûr !

Je me détends. Elle s'affaire dans la cuisine. J'entends un presse-agrumes électrique fonctionner, puis une cuillère s'agiter.

— Je ne sucre pas beaucoup mais il faut adoucir sinon c'est astringent. On ne trouve plus de citrons parfumés comme dans le temps. J'y ajoute juste une larme de vermouth blanc pour lui donner du relief.

Merde ! Moi qui déteste le pinard ! Bon, si c'est juste une larme, je devrais bien réussir à remonter la pente pour rejoindre Momo. Et c'est pour la bonne cause. Ce garage en vaut la peine. Je trempe mes lèvres entre deux glaçons. Difficile de définir le vermouth. On dirait juste une citronnade qui aurait un peu tourné. Je ne risque pas le coma éthylique car elle a blindé mon verre en glaçons.

— Vous cherchez sans doute à louer un garage dans le quartier ? Vous savez, c'est très rare. Surtout un comme celui-ci qui est individuel. Je ne le loue pas. C'était la fierté de Charles, mon feu mari…

On sent, à son ton, une émotion encore mal cicatrisée. Va falloir que je lui envoie Momo : l'arnica de la veuve.

— Longtemps, j'y ai gardé sa Renault 12 dont il était aussi très fier. Mais mes enfants m'ont convaincue, il y a trois ou quatre ans, de la revendre à un collectionneur qui lui rendrait son éclat.

J'apprends deux choses : qu'il existe des collectionneurs de R12 et que cette voiture avait un éclat de nature à faire fantasmer un amateur de ferraille. J'ai rarement vu une bagnole si moche. Je la laisse s'épancher. Je trierai.

— Charles faisait l'entretien lui-même. De nos jours, il ne pourrait plus, le pauvre. Vous revoulez un autre verre ?

Je décline car, en arrière-bouche, le doigt de vermouth laisse un goût persistant qui me rappelle l'haleine ordinaire de René avant son AVC et sa sobriété retrouvée. Elle se ressert. L'effet pinard la déride progressivement.

— Oh ! Je n'ai pas eu que Charles dans la vie ! Croyez pas. J'ai été une femme en avance. La ménopause m'a libérée… Pourquoi je vous raconte tout ça ? Vous êtes bien jeune, vous n'avez pas connu la méthode Ogino. Croyez-moi, c'était quelque chose pour nous, les femmes.

Je sens que je vais devoir me sacrifier. À moins de recentrer. C'est le choix que je fais :

— Je ne suis pas si jeune que ça… On a quoi ? Vingt, trente années d'écart ? À peine… Alors, ce garage ? Vous en faites quoi ?

— Quel garage ?
— Celui de Charles.
— Ah oui ! Je vous disais donc que mes enfants… Bon, oui…

Elle se sert un troisième verre, sans ajouter de glaçon. Son maintien se libère, la jupe Chanel remonte, les genoux ne tiennent plus en place. Je crois apercevoir qu'elle ne porte pas de culotte. Je me fais peut-être des idées. Quand je bois, ce qui ne m'arrive jamais volontairement, j'ai vite fait de reconstruire le monde à mon image.

— Vous me disiez quoi ? Ah oui, le garage ! Il est vide. C'est comme un sanctuaire. Mais de temps en temps, et uniquement pour rendre service, je le prête à monsieur Ben Moktar, un monsieur très bien malgré ce qu'on pourrait croire…

Ben tiens : « Je ne suis pas raciste mais j'aime pas les Arabes ».

— Monsieur Ben Moktar est chirurgien. Ça vous étonne, hein ? À la Salpêtrière, en plus. Pas n'importe où. Un monsieur bien mais il est marié. Ils sont tous mariés quand ils sont bien. Et vous, vous êtes marié ?

Je lui montre que je ne porte pas d'alliance.

— Ah ben, vous ne devez pas être si bien que ça alors !

— Vous lui prêtez pour quoi faire à monsieur Ben Moktar ?

— Pour quoi faire ? Pour quoi faire ?

On dirait Arletty avec son « atmosphère, atmosphère ! »

— … Vous êtes bien indiscret, jeune homme ! Pour faire ce qu'on veut. On est adultes, monsieur

Ben Moktar et moi. En quoi ça vous regarde ? Ah j'ai compris, c'est madame Ben Moktar qui vous envoie ! Une fainéante qui fait rien de ses dix doigts. Elle le mérite pas monsieur Ben Moktar, madame Ben Moktar !

J'ignorais que le vermouth, ajouté au jus de citron, avait cet effet. Je tente de la remettre sur les rails mais elle a déjà perdu une roue :

— Je voulais dire : pour quoi faire du garage ?

Ça la plonge dans une réflexion mélancolique. Elle retire sa veste Chanel et la balance derrière le canapé, sur un yucca poussiéreux. Deux petits nichons étonnamment juvéniles me découvrent, surpris. Elle se lève, se retient à mon genou, insiste en me malaxant la cuisse puis disparaît à l'office.

Elle réapparaît avec la bouteille. Pas celle de citronnade.

— Vous en voulez, monsieur Ben Moktar ?

— Non merci… Vous lui prêtez pour quoi, alors, votre garage ?

— Ah oui ! Parce que monsieur Ben Moktar, qui est un monsieur très bien et très endurant… Pourquoi j'vous raconte ça ? Monsieur Ben Moktar est propriétaire de la maison d'en face. Il la loue à des touristes sur N'bi ou un truc comme ça. Et des fois, ils ont besoin d'un garage. Pour ceux qui louent aussi une voiture. Voilà pourquoi. Vous êtes content ?

Je confirme : elle ne porte pas de culotte. Elle est même épilée. Ou chauve de l'entrepont, peut-être. Maîtriser l'entretien devient difficile. L'évocation de son voisin d'en face la pousse dans ses extrémités. La jupe Chanel est désormais complètement retroussée.

Et elle commence à se caresser, tout en parlant, avec le cul de son verre. Ce qui l'oblige à boire au goulot.

— Récemment, chère madame Mercier, vous vous souvenez lui avoir prêté le garage ? Ou l'avez-vous prêté vous-même à quelqu'un ?

— J'vous ai dit que j'loue pas ! Oui, peut-être… attendez… atten… dez…

Elle accélère sa manipulation et émet un petit orgasme de voyage. Ça la calme un peu. Elle essuie son verre avec le napperon.

— Oui… pour une camionnette. Ils sont restés deux jours. Je les ai pas vus. Je les vois rarement sauf quand, des fois, faut que je donne les clés de la maison d'en face. J'm'en souviens bien parce que monsieur Ben Moktar est venu me remercier avec un ami. Vous pensez si j'm'en rappelle ! Un ami bien qui tient un restaurant au Kremlin-Bicêtre ou qui est coiffeur à Aubervilliers, je me souviens plus. Ça dépend, il a beaucoup d'amis, monsieur Ben Moktar.

D'ici qu'en sus d'emprunter, gratos, le garage, il louerait aussi la bourgeoise, il n'y a pas des kilomètres.

— Vous voulez pas me remercier, vous aussi ?

Elle est debout devant moi et tire sur sa jupe mais vers le haut. Il s'en serait fallu d'un verre de sa citronnade en plus pour que j'accepte. Vous allez trouver ça bizarre mais je bande un peu. Les hormones sont ingérables. Mais je me reprends :

— Pas aujourd'hui… Mais la prochaine fois, avec plaisir. Monsieur Ben Moktar pourrait nous surprendre. Imaginez qu'il traverse la rue. Que penserait-il, lui, un monsieur si bien ?

— Ça risque pas, il habite pas là !

— Il habite où ?

— Pas loin, notez bien, au square des Peupliers.

Et la boucle est bouclée. Fin de chapitre. Je décroche la main de madame Mercier, une dame très bien, de mon entrejambe et je les prends à mon cou.

20

Un chirurgien sur la table

Un qui est soulagé de me voir radiner, c'est Momo, qui n'a toujours pas réussi à se dépêtrer de son nouvel ami historien.

— T'as été long. T'as réussi à trouver quelque chose ?

— Oui, j'ai compris ce que tu trouvais à ton Hermone.[10]

Haussement d'épaules. Il se lève, on quitte Les Cailloux. Le SDF continue son histoire. En marchant, je résume mon entrevue avec la propriétaire du garage. Je lui passe les détails. C'est pas très sympa parce qu'en y allant tout de suite, il aurait pu profiter du foyer qui était encore chaud. Moi aussi, j'ai des amis très bien.

— Allons faire un tour au square des Peupliers. Pour essayer de trouver où crèche le chirurgien. Tu fais les côtés pairs et moi les impairs.

10. Voir Tiens bon l'pinceau, y a des coulures*, même auteur, même collection.*

— Et si on le trouve ?

— On rentre au bureau. Je ne me sens pas prêt pour l'aborder. On va préparer ça tranquillement.

En reprenant la rue du Moulin des Prés, on arrive rapidement à destination. Comme le square fait une boucle, on le prend chacun de notre côté pour éviter d'attirer l'attention. Pas très difficile de localiser Ben Moktar car, comme tout bon docteur, il a collé une plaque en simili-cuivre sur sa porte : « Dr Ben Moktar, chirurgien ». Rien de plus. C'est faussement discret. Mais bien pratique pour nous. J'aperçois Momo qui arrive en face et je lui fais signe d'arrêter de perdre son temps. Malin, le mec, il fait semblant de prendre des photos de la rue comme n'importe quel touriste. Il en profite pour immortaliser, ni vu, ni connu, la baraque qui nous intéresse. Une bien belle bâtisse, ma foi. Trois niveaux, style cossu avec un mini-jardinet très végétalisé en façade et une grille. Les volets sont fermés. J'ai besoin de vérifier des choses avant d'aller plus loin. Pas question d'improviser comme chez la mère Mercier. Mon idée d'avoir laissé ma prune sur le pare-brise semble bonne puisque je récupère la voiture sans dégât supplémentaire. On n'a pas vu le temps passer et il est tard pour prétendre déjeuner dans un restaurant. Quoique… En bifurquant un peu vers la porte de Choisy, un Chinois qui sert vingt-quatre heures sur vingt-quatre nous tente bien. On a faim. Le doigt de vermouth m'a ouvert l'appétit. Et j'aime bien regarder Momo manger avec ses baguettes dans la main gauche. Un exploit. Pour être honnête il s'en sort bien mieux que moi. Je me sens complètement nase. J'ai besoin de faire le point. On rentre au bureau. C'est déjà le milieu de l'après-midi. Mon collègue insiste pour qu'on se mette tout de suite au travail. Deux pistes s'offrent à nous : Ben Moktar et son garage et le Père-Lachaise. Momo pense à haute voix :

— Si on est logique, le quart d'heure d'arrêt devant le square, c'était pour récupérer les clés du garage. En repartant, deux jours plus tard, ils ont dû les laisser dans la boîte aux lettres ou les ont restituées plus tard. Après avoir rendu la voiture.

Oui, ça tient debout. J'ai l'intuition que c'est exactement ça. La rencontre avec le sous-bailleur s'impose. Nous nous mettons à chercher tout ce qu'on peut trouver à son propos. Internet fourmille d'infos. Le professeur Ben Moktar sait entretenir sa légende, il est partout : réseaux sociaux, réseaux professionnels, etc. Il a même une page Wikipédia (le dictionnaire de ceux qui n'y sont pas). Une bonne tête, de bonnes références et, selon ce que j'ai cru comprendre, une endurance à faire pâlir un marathonien. Je le vois mal tringler sa voisine de la rue Samson mais il a un regard franc qui atteste d'une certaine ouverture d'esprit. Et de l'ouverture d'esprit à l'ouverture de la braguette, il n'y a que trois ou quatre boutons. Surtout s'il y a une faveur à obtenir. Bon, on a affaire à un monsieur très bien. Momo soulève un truc :

— T'as vu ? Il joue au golf à Deauville.

— Oui, et alors ?

— Demain, c'est vendredi. Je te fiche mon billet qu'on va le perdre sur l'autoroute A13 pour tout le week-end.

— Possible.

— Et tu vas attendre lundi pour le rencontrer ?

— Ben non.

— Alors ?

— On y va !

La Ford Ka n'a pas le temps de refroidir. Nous voilà repartis pour le square des Peupliers. Que de temps perdu ! Que de kilomètres gâchés ! Je retrouve une place dans la rue du Moulin des Prés. Coup de chance. Je recolle mon papillon sous l'essuie-glace. Bon signe : les volets sont ouverts. Une fenêtre aussi car on entend de la musique. Classique, la musique, mais notre coup de sonnette l'interrompt. On s'est préparés à l'entretien durant le trajet. On aime bien, Momo et moi, répéter ainsi avant d'intervenir. Qui parle ? Pour dire quoi ? Etc. Ben Moktar en personne se pointe sur le seuil de la porte. On a tellement fouillé à son propos que c'est comme si je le connaissais de longue date. Un ami, presque. Ce n'est pas réciproque. Il vient juste de rentrer et aspirait à la tranquillité. Notre arrivée dans son champ de vision le dérange.

— Nous sommes des amis de madame Mercier, de la rue Samson. C'est elle qui nous a conseillés de nous adresser à vous.

Il regarde derrière lui, inquiet. Faudrait pas que notre amie commune nous en ait trop raconté. Il a un instant d'hésitation avant de venir nous ouvrir la grille qui se trouve à un mètre de sa porte d'entrée. Il se demande bien ce que nous venons faire là.

— C'est à propos de son garage.

Il se détend et sourit.

— Ah la maligne ! Elle ne peut pas vous le louer elle-même ? Elle a besoin de moi ?

— Non, elle vous donne la priorité et comme elle ne connaît pas vos projets…

— Entrez donc, on ne va pas rester ici.

Nous lui emboîtons le pas le long d'un bref couloir qui nous conduit dans ce que je qualifierais plutôt de bureau que de salon. La musique venait de là.

— J'espère qu'elle ne vous a pas proposé du vermouth, nous lance-t-il avec un clin d'œil appuyé.

Stratégie pour voir jusqu'à quel point nous sommes amis. Momo, qui ne comprend pas, me jette un regard suspicieux comme si je lui cachais quelque chose de fondamental dans notre enquête.

— Non, je ne bois pas. Simplement, elle nous a informés de vos arrangements au sujet de la mise à disposition de son garage.

L'emploi du mot « arrangements » le met mal à l'aise. Qu'a bien pu raconter la vieille ? Il attend la suite.

Je rassure :

— Elle m'a expliqué qu'elle le mettait à la disposition de vos locataires de passage qui occupent la maison face à la sienne.

— C'est exact. Et c'est très généreux de sa part. Grâce à elle, j'ai moins de périodes creuses. Beaucoup d'étrangers cherchent à se loger et à disposer d'un parking. Et l'offre est restreinte à Paris. Mais qu'est-ce que ça peut vous faire ? Vous travaillez aux Impôts ?

Pour le tranquilliser, Momo lui montre son moignon : « Ils n'embauchent pas de bras cassés au fisc. Du moins pas ouvertement. » Ça détend l'atmosphère mais ne fournit pas l'explication attendue.

Je reprends :

— Nous nous intéressons aux derniers occupants. Ceux qui sont venus ici récupérer les clés du garage et qui, probablement, n'ont pas occupé votre maison.

Il semble réfléchir.

— Quand ça ?

Je lui précise les dates et lui évoque le Ducato. La mémoire lui revient :

— Et alors ?

— Nous aimerions connaître leur identité.

— Là, vous allez loin ! Pourquoi vous révélerais-je leur identité ? Ils ont cassé quelque chose ? Françoise... enfin madame Mercier, n'a qu'à s'adresser directement à moi. Je suis d'ailleurs étonné qu'elle ait besoin d'intermédiaires. On dirait presque de l'intimidation, votre petit jeu. Comme dans un mauvais film. Vous êtes qui ?

Je lui montre ma carte. Certain que ça ne va pas le calmer. Et je lui sors un baratin préparé en route :

— La réalité c'est que c'est la société de location du véhicule qui nous a chargés de les identifier.

Il est étonné :

— Parce qu'ils ne savent pas à qui ils louent leurs véhicules ? Moi j'en loue souvent et croyez-moi, c'est presque une enquête de police à chaque fois.

— Si, bien sûr, mais dans le cas présent ils ont eu affaire à des margoulins. Tous les documents, adresses, etc. fournis étaient faux.

— Et comment la société de location sait-elle qu'ils ont garé leur voiture chez moi ? Enfin, chez Françoise ? Vous êtes sûrs de ne pas confondre ?

— La géolocalisation.

— Bon, soit ! Mais vous avez un mandat ou quelque chose comme ça ? Et qu'est-ce qui vous dit qu'ils ne m'ont pas berné aussi ?

— Que vous vous fassiez avoir par des locataires indélicats, c'est envisageable. Mais que vous louiez ou prêtiez un garage qui ne vous appartient pas à des gens qui n'ont pas de liens avec votre gîte, c'est moins croyable. Vous pouvez très bien ne rien nous dire. Notre travail est terminé. Nous allons remettre notre rapport au patron du loueur et il pourra confier la suite à la police. Ils auront un mandat, eux, c'est sûr. Bon, on ne va pas vous déranger plus.

Je me lève. Momo est déjà debout. Un chirurgien ça réfléchit vite. Le coup de poker paraît fonctionner. Il pèse le pour et le contre. Faire intervenir la police dans ses affaires de sous-locations occultes, c'est peut-être pas la meilleure idée.

— Attendez ! J'ai une meilleure idée. Oui, je connais la personne qui m'a demandé ce service. Mais ça me gêne de vous révéler son identité. Par contre, je suis certain d'obtenir réparation pour les préjudices subis par votre employeur. Il suffit que vous me les communiquiez et je m'en charge. Je vous en donne ma parole.

Je n'avais pas anticipé cette tournure. Il me faut aussi réfléchir vite. C'est Momo qui nous sort de l'ornière :

— On ne vous a pas parlé d'aile froissée ou de sucre dans le réservoir. Il s'agit de bien plus grave.

Ben Moktar en perd son latin.

— Mais… mais… De quoi s'agit-il ?

— Vous en dire davantage serait vous mettre en danger. Au revoir, Monsieur, et merci du temps que vous nous avez consacré. Vous nous excuserez auprès de votre épouse pour le dérangement.

— Mais je ne suis pas marié.

— Ah ? Pourtant madame Mercier nous a assurés…

— Non, je dis ça pour être tranquille. Vous n'imaginez pas les contraintes et les sollicitations pour un chirurgien célibataire. Attendez deux minutes, je réfléchis.

Il tourne en rond comme un derviche. Personnellement, ça ne m'aiderait pas à mettre mes idées dans le bon sens. Mais chacun ses manières. Le tourbillon cesse et il doit s'asseoir. Il nous fait signe de l'imiter. Ce que nous faisons.

— Qu'est-ce que c'est, alors, si c'est pas un truc sur le véhicule ?

— Le véhicule a été utilisé pour un enlèvement.

Je reste vague car je suis certain qu'il ne sait rien du transport. Visiblement, il a voulu dépanner une connaissance. Il est écroulé. Un verre de vermouth lui ferait du bien.

— Un enlèvement ? C'est pas possible ! Je connais…

Ferré, le mec ! Il en a trop dit. Il capitule.

— … Je connais bien l'ami à qui j'ai prêté le garage. Je crois que c'était même pas pour lui mais pour des amis à lui. Pas le genre de personne, croyez-moi, à être impliqué dans une histoire d'enlèvement.

— C'est la police ou nous. La police c'est complicité d'enlèvement. Nous c'est la possibilité d'éluder votre participation. Que vous le vouliez ou non, vous êtes mouillé aux yeux de la loi.

Il fouille dans son tiroir et nous sort une carte de visite.

— C'est l'ami…

21

Changement de braquet

Le chirurgien claque des dents et moi je réprime des sauts de joie. On avance sérieux, là. Je désélectrise la scène :

— Soyez tranquille, on restera discrets à propos de votre rôle dans l'affaire. Je ne mets pas en cause votre bonne foi. Il m'arrive aussi de dépanner des amis sans trop poser de questions.

— Je vous remercie.

— Si j'avais besoin de vous recontacter, pourriez-vous me laisser vos coordonnées ?

— Bien sûr !

Ça y est, on est potes. Il me tend une autre carte de visite sur laquelle il rajoute un numéro de portable.

— On aura peut-être besoin de visiter le garage et je préfère éviter de déranger ou d'inquiéter madame Mercier.

— Comptez sur moi, j'ai les clés…

— Au fait, c'est bien votre ami qui les a récupérées le premier jour ici ?

— Oui, c'était bien lui.

— Vous connaissez sa voiture ?

— Il était avec le véhicule de location.

— Oui mais sa voiture, je veux dire.

— Une grosse berline japonaise. Mais je suis désolé, je ne sais pas de quelle marque. Une imitation de Mercedes. Personnellement, je préfère l'original.

— Vous savez la couleur ?

— Oui, noire. D'ailleurs, je pars avec lui demain matin à Deauville. Nous avons un tournoi de golf. Alors, si vous avez besoin de visiter, faudra attendre lundi.

— Surtout, ne lui dites rien… Si on peut lui éviter des ennuis…

— Je comprends. Mais qui a été enlevé ?

— Celui dont les coordonnées ont été fournies au loueur.

— Ah ben, dites donc !

— Comme vous dites… Mais rien ne nous dit que votre ami était informé de ce détail.

Nous prenons congé. Momo n'a pas le triomphe modeste :

— Tu vois ce que je te disais… Deauville, le golf… Tellement prévisibles, ces types-là ! Ils amassent un pognon de dingue, comme dirait notre président, et tout ça pour qu'on les voie, habillés en Tintin, pousser une baballe sur un gazon nickel et se faire arnaquer au club-house.

Le trou de la sécu vaut bien un dix-huit trous. Je prends conscience que cette virée normande va nous priver d'avancer jusqu'au retour des golfeurs.

Je croise les doigts pour que Ben Moktar tienne le coup et ne déballe rien à son challenger. La crainte va le retenir. Surtout s'il supporte mieux l'alcool que sa voisine de la rue Samson. Momo m'a reproché, sur le trajet du retour, de lui en avoir trop dit. J'avoue… Je ne sais pas tenir ma langue. Pourtant, c'est bien moi qui prétendais qu'il ne fallait jamais dévoiler ses cartes aux protagonistes. Toujours ce besoin irrépressible de faire mon intéressant. Un week-end de trois jours s'annonce.

La journée a été bien remplie et après avoir lâché mon collègue, j'arrive à la maison après Vanessa. Je lui demande si elle bosse le lendemain.

— Oui, samedi aussi. Pourquoi ? Tu avais un projet ?

— Non, pas spécialement, mais je risque d'être au chômage technique jusqu'à lundi.

Je lui relate les derniers rebondissements. Elle convient qu'on se débrouille bien, Momo et moi. Elle a une idée :

— Demain, je reste de permanence à la taule. Si tu veux, on s'occupe de ton type : renseignements généraux, fichiers divers etc. On le déshabille et, en échange, je me fais remplacer samedi et tu nous organises quelque chose.

L'idée est plus que séduisante. Tous les détectives n'ont pas à disposition les moyens de la police nationale. J'ai intérêt à briller dans mon initiative de week-end.

— Tu crois que ton patron n'y trouvera rien à redire ? Je ne voudrais pas te mettre en délicatesse…

— Penses-tu ! Tu le connais. Au contraire, il va être ravi de me voir le nez sur mon écran. Il adore me savoir pas loin.

— Oui, mais ma présence…

— Tu l'invites à bouffer le midi et on s'occupe de ton affaire pendant sa digestion.

J'aime bien l'idée de commencer ce vendredi par une grasse matinée. Je vous passe la soirée, sympa, et la grasse matinée, ennuyeuse. J'ai bien eu Saint Antoine et, avec un prétexte quelconque, je lui ai proposé un déjeuner à mes frais. Ce qui n'est pas fréquent. En principe, c'est l'administration qui nous nourrit. Sa surprise l'a emporté et il a accepté :

— Mais n'arrivez pas avant midi. Je serai en réunion à l'extérieur.

Je regrette de n'avoir pas mis à profit cette absence pour boucler l'affaire avec sa lieutenante. Par contre, j'ai tenu mes engagements en nous réservant un week-end « balnéo-rando-paddle » en baie de Somme. Départ ce soir après le turbin et retour dimanche dans la soirée. Pas sûr que nous soyons seuls sur la route mais c'est tout ce que j'ai trouvé dans un si court délai. À nous les phoques ! Midi, je me gare sur le parking arrière du commissariat. Des instructions ont été données et on ne me fait pas obstruction. La voiture du vieux n'est pas là. Il va être en retard. De pas beaucoup car je le vois débarquer en sortant de la mienne. Je l'attends.

— Vous êtes en avance. On mange où ? Vous permettez deux minutes…

Je le vois décharger, de son coffre, une caisse de pinard.

— Un généreux donateur, m'annonce-t-il. Prenez la deuxième et suivez-moi.

Il me précède jusqu'à la salle de repos de sa boutique. Celle où ses fonctionnaires ont ce qu'il faut pour manger sur le pouce ou prendre l'apéro. Ça sent le fennec et le pastis. On dépose le butin et il va se laver les mains. Je l'imite.

— Ça vous ennuie si on demande à la petite de se joindre à nous ? Elle est de permanence aujourd'hui.

— Mais pas du tout, bien au contraire !

— Faites gaffe, quand même. Chasse gardée !

Le con dans toute sa splendeur. On récupère Vanessa qui fait mine d'être étonnée. Pour la forme, elle résiste un peu, prétexte qu'elle prend sa pause à treize heures.

— C'est qui l'chef, ici ? Si je vous dis de venir, c'est que votre pause est avancée. Ne discutez pas, mon petit !

De guerre lasse, elle cède. Elle joue bien la comédie. Faudrait que je me méfie. Je ne les invite pas n'importe où. Au Casanova, dans la rue du même nom. Un restaurant de qualité où on mange bien (oui, je sais, ça fait pléonasme). La présence de ma copine nous évite les inévitables grosses vannes entre mecs, à propos des femmes, dont est friand le commissaire à partir de la seconde moitié de sa bouteille de pinard. Il ferait bon ménage avec la mère Mercier. Il va falloir que je songe à trouver une combine pour les mettre en relation. Promis, j'y réfléchis. Le vendredi, c'est poisson. Sauf pour le commissaire pour qui c'est daube provençale. Cet imbécile regarde sa montre :

— Bon, votre pause va se terminer. Il va nous falloir rentrer si vous ne voulez pas que je vous décompte une heure.

Imbécile ? Peut-être pas. Tel que je le connais, il est bien capable d'avoir eu l'idée d'inviter Van' justement pour avoir un motif d'écourter notre tête à tête. Je lui en sais gré. Malgré tout, il est quatorze heures passées quand on le dépose, somnolent, à la porte de son bureau. Nous en profitons pour rejoindre le bureau que Vanessa partage avec son binôme, le brigadier Verrazzini, auquel elle demande de la remplacer à la permanence d'accueil. Comme on est dans la police et que c'est elle son chef, il obtempère sans discuter. Néanmoins, il ne renonce pas à me lancer un regard plein de bavures.

— Bon, tu sais, ça va être rapide.

— Tu m'avais pourtant dit que tu aurais du temps.

— Oui, mais j'ai déjà bien travaillé en amont. Si tu croyais que j'allais attendre que tu sois dans mes pattes. Tu vas voir, le boulot est fait.

Elle pose sur le bureau la carte de Laurent Barre, l'ami de Ben Moktar, que je lui avais confiée. Et me lance, victorieuse :

— J'ai tout ! Tu ne vas pas en revenir. Mais… avant… Tu as pensé à nous ?

— Oui et tu seras contente. Enfin, j'espère, parce que, comme ça, au débotté… On part ce soir dès que tu rentres. Si tu pouvais ne pas traîner.

— Seize heures, ça irait ?

— Ah ! Mais ça serait parfait ! Tu fais ton sac et on décolle à dix-sept. Bon, explique !

Elle fait les choses bien. J'ai déjà dû vous évoquer cette qualité chez elle. Eh ben, figurez-vous que ça touche aussi son professionnalisme. Un petit dossier avec tout un tas de documents imprimés est prêt à être exploité. Du travail mâché, je le sens. Et je sens bien ces choses-là.

— Remarque que c'était facile. Ton Laurent Barre ne brille pas par sa discrétion. Un gars qui a réussi et qui aime qu'on le sache. Pas étonnant qu'il soit copain avec ton chir, ils ont fait ensemble leur tronc commun en médecine. Je les ai retrouvés, avec toute leur clique, sur « Copains d'avant ». Fastoche. Mais lui, il a bifurqué sur l'obstétrique, art qu'il exerce dans une clinique du Vésinet. Il est aussi inventeur ; il a inventé un sex-toy : le stimulateur de point G de plage à alimentation solaire…

— Quoi ?

— Je déconne, c'était pour voir si tu suivais. J'déconne mais note bien que ça serait une bonne idée comme invention. Bon, il s'occupe d'un cheptel de femmes enceintes au Vésinet et habite à Chatou. Tu vois, des quartiers pas trop craignos. À part ça, rien à dire. Marié, honnête, autant qu'on puisse l'être. Père de deux grands enfants, deux garçons qui se cherchent. Je les ai laissés faire et je n'ai pas creusé plus de ce côté. Qu'est-ce qui pourrait t'intéresser ?

Elle dit ça en faisant semblant de réfléchir. Je sens qu'il y a encore à apprendre. Je la laisse ménager ses effets. J'alimente :

— Sa bagnole ?

— Ah oui, bien sûr, sa bagnole ! Il en a deux. Faut bien ça à Chatou. Une Tesla électrique (pléonasme) pour épater la galerie et faire bien dans son quartier. Il l'utilise peu. Elle reste sur sa descente de garage. Parfois, madame, car il y a une madame Barre, la prend pour aller à l'onglerie. Enfin, je suppose. Ça te plairait d'en savoir plus sur madame ?

Je sens le piège. La perfide !

— Pas plus que ça, sauf si tu lui as trouvé une implication active. Bon, à part la Tesla ?

— J'y viens. Mais tu as tort pour madame.

— C'est elle qui conduisait la voiture quand ils ont rendu le Ducato à Gentilly ?

— Comment veux-tu que je le sache ? En principe, elle ne conduit que dans sa rue, mais parfois, force fait loi. La deuxième voiture, sa voiture on va dire, est une Infiniti Q30. J'ai regardé : belle bagnole ; c'est la marque haut de gamme de Renault-Nissan. Et tiens-toi bien : noire. Noire de chez noire. La Tesla est rouge. Pour qu'on la remarque mieux sans doute.

Elle se lève, fait mine de refermer son dossier.

— Un café, ça te dirait ?

22

Paddle et moules marinières

Je jubile, l'étau se resserre (au grand désespoir de mon banquier. Comprenne qui voudra). Mais je ressens, au regard de Van' qui sirote son café en me faisant d'évocateurs bruits de succion avec sa bouche, comme une sorte de malaise. Vous savez, comme quand on a en tête quelque chose qu'on n'arrive pas à définir. Comme une gène. Un truc qui vous paralyse l'esprit. J'avale mon café. Sans saveur. Même pas dégueu. Pourtant ici… d'habitude. La belle pose sa main sur (ou dans) mon entrejambe. Je sursaute, c'est pas son truc de faire ça dans sa turne.

— Qu'est-ce que tu fais ? Tu crois que…

— Non, pas question. Mais comme tu ne saisis pas la perche que je t'ai tendue, j'essaye de t'aider. De te le faire comprendre.

De quelle perche parle-t-elle ? Si elle ne retire pas sa main, je ne suis pas près de monopoliser l'énergie mentale nécessaire. Bander et réfléchir sont incompatibles chez moi. Comme chez vous, avouez-le. Elle ne l'ignore pas et remet sa main sur son dossier en le tapotant nerveusement.

— Il y en a encore là-dedans. Ça te dirait de savoir ?

— Ben oui.

Qu'a-t-elle pu me dire qui aurait dû éveiller mon attention ? L'élastique (pas celui du dossier, c'est une image) craque subitement et je le prends dans la figure :

— La femme ?

— Gagné ! Figure-toi que Stéphanie, madame Barre pour l'état civil, avait un frère. Un frère jumeau.

— Oui, et alors ? On s'éloigne…

— J'ai quand même cherché à en savoir plus sur ce jumeau.

Elle déraille complètement. Je ne lui ai pas demandé une étude généalogique. Je crois qu'elle ménage le suspense. Enfin, j'espère. Je ne l'interromps pas, elle n'attend que ça.

— Stéphanie est un peu plus âgée que Laurent. Dix ans presque jour pour jour.

— Bon, accouche ! C'est l'obstétricien qui te fait cet effet ?

— Si tu le prends comme ça…

Je n'y crois pas, voilà qu'elle fait sa boudeuse. Il va être sympa le week-end. On va ramer chacun d'un côté du paddle. Je capitule en posant ma main sur sa cuisse. Le non-verbal y a que ça de vrai dans les conflits conjugaux. La cuisse est un curseur, plus tu remontes, plus tu envoies des décibels.

— Ce que je voulais te faire deviner c'est que Stéphanie Barre est née Dumortier et qu'elle est la sœur jumelle de ton cadavre disparu.

En effet, je prends un coup dans le ventre. C'est quoi ce truc ? Une histoire de famille ? Je commence à échafauder un scénario dans ma tête. Encore brumeux mais qui s'éclaircit.

— Bravo ! Tu sais y faire. Si je pige bien, les ravisseurs sont l'oncle et la tante de ma cliente ?

— Exactement.

— Le mobile m'échappe.

— Tu n'as plus qu'à cueillir le golfeur à la sortie du dix-huitième trou et tu sauras tout.

— Oui… Mais non. Je ne suis pas en position pour travailler sur aveux. Il me faut encore réunir quelques preuves avant de présenter la facture. Tu penses que ma cliente est dans le coup ?

— Rien ne permet de l'affirmer, et puis ça m'étonnerait quand même.

— Tu crois que je pourrais aller fourrer mon nez au crématorium du Père-Lachaise ? Ils sont couverts par le secret professionnel, les pompes funèbres ?

— Je n'en sais rien. Tu irais quand ?

— Pas avant lundi en tout cas.

— Viens, on va aller travailler Théo. C'est le moment idéal.

— Pour faire quoi ?

— Tu verras.

Je la suis jusqu'au bureau directorial. Avoir ses fesses pour guide, c'est un privilège, ça raccourcit les distances. Marcher derrière elle annule la fatigue. Un miracle ignoré, à tort, par l'église. Plus fort encore que de marcher sur l'eau. Le commissariat de Vitry, c'est pas Versailles. On attend devant la porte que monsieur le commissaire veuille bien nous ouvrir. En phase digestive, il s'enferme. En découvrant sa trombine vaseuse, je rigole. Faut absolument que je trouve l'occasion de lui faire goûter, en tête à tête, la citronnade de la mère Mercier. Juste pour le fun, car je ne serai pas là pour vous raconter. Je vais y réfléchir sérieusement ce week-end, entre deux activités. Son allocution est pâteuse. Je le soupçonne d'avoir pris en douce quelques pousse-café parce que ce n'est sûrement pas le litre de rouge qu'il s'est enfilé en mangeant qui peut le ralentir ainsi.

— Vous voulez quoi, encore ?

— Comment ça « encore » ? claironne son adjointe. On ne vous a encore rien demandé, alors, vous ne pouvez rien nous refuser.

Je préfère rester neutre car j'ai le don de tout faire foirer quand Vaness' est entre le vieux et moi. Un reflexe de vieux cerf en rut lui prend.

— Je sais ce que vous allez me demander : votre journée de demain. J'ai vu votre brigadier modifier le tableau. Alors, comme madame a tout prémédité… Pourquoi il vous faut votre samedi ?

— Parce que ma nièce, dont je suis aussi la marraine, passe son brevet des cinquante mètres à la piscine et qu'une marraine se doit d'être là.

Elle ment avec un aplomb inquiétant. Si bien qu'un instant, j'ai failli gober.

— Et vous ? Vous aussi, vous allez à la piscine ?

Manquerait plus que je lui réponde par l'affirmative. On pourrait faire une croix sur le « petit service » que Vaness' s'apprête à lui demander.

— Non, je ne suis pas invité.

— Elle a raison, la petite ! Un guignol comme vous…

Je la ferme avant qu'on en vienne aux mains. Même dans son état, il aurait le dessus. On s'assoit autour de sa table ronde de réunion.

— Vous voulez une fine ?

— Non, pas en service !

Un point pour la lieutenante. Elle profite de l'avantage pour embrayer :

— Monsieur Angledroit vient juste de me faire part de ses progrès dans la disparition du défunt.

— Il l'a ressuscité ?

Il se marre comme un pingouin. Je l'ai rarement vu dans un tel état. Il doit prendre des médocs.

— Non, sérieusement, commissaire. Il avance bien et je suis sûre que vous allez penser comme moi ; je trouverais embarrassant qu'un civil lève quelque chose qui nous serait passé sous le nez. La presse n'est pas tendre.

En plein dans le mille ! Un rot réprimé nous informe que pépère remonte à la surface. Il se lève, fait le tour de notre table, comme si on jouait à la chandelle, et se réinstalle, les idées plus claires.

— Il n'est dit nulle part que la police nationale n'aura pas le dernier mot dans cette funeste histoire. Vous avez trouvé quoi ?

Il s'adresse à moi. Ce qui signifie que je peux, que je dois, parler.

— Beaucoup de choses mais il me manque juste un élément.

— Soyez plus précis !

— Pas encore. Imaginez que je me trompe. Je ne voudrais pas vous entraîner dans un échec.

— Vaudrait mieux pas. Vous voulez quoi ?

Comme Vaness' a été muette sur son idée, je la laisse l'exprimer.

— Il reste une investigation à mener auprès de l'administration du Père-Lachaise. Et j'ai pensé qu'un civil se heurterait à cette institution. Il manquerait de délicatesse.

— Qu'est-ce que le Père-Lachaise vient foutre là-dedans ? Vous avez raison, ils sont muets comme une tombe. Dites votre idée, j'ai une « conf call » dans un quart d'heure avec le sous-préfet et les collègues du Val-de-Marne.

— L'idée serait que je l'accompagne pour vérifier la pertinence de sa démarche. Vous savez, tout ce qui touche Paris, venant de banlieue, est sensible.

Il ne comprend pas grand-chose mais, comme je suis sûr qu'il redoute sa conférence téléphonique, il baisse les bras :

— Faites pour le mieux. Et vous feriez ça quand ?

Vanessa me regarde, interrogative.

— Lundi matin. Battons le fer tant qu'il est chaud.

— Bon, dites merde à votre filleule.

Qui ne dit mot consent. Il renfile sa cravate, ajuste sa veste et nous fout dehors. On rentre à la maison en se suivant. Vaness' ouvre la route avec son gyro et son deux-tons. On a nos sacs à faire. En route, j'appelle Momo pour l'informer et lui donner rendez-vous le lundi matin pour la visite du cimetière. Ce n'est pas au moment de tirer les marrons du feu qu'il convient de le snober. Douche, câlin, sacs et on redescend. Je renseigne le GPS. En deux heures et demie, si tout roule bien, on sera à Saint-

Valéry-sur-Somme, par l'A16. De quoi profiter de la soirée. En route ! Le gyro nous dégage le périf et la banlieue nord. Il est tout juste dix-neuf heures quand on nous conduit à notre chambre. L'hôtel est un peu sur les hauteurs de la ville et on domine toute la baie de Somme. Le soleil nous attend pour se coucher. Pas de phoques à l'horizon mais nous attaquons une petite balade pour nous familiariser avec l'endroit. Nous descendons jusqu'au port. Un air de vacances. Ça me fait bizarre. Je n'ai pas l'habitude et ma fliquette semble heureuse d'arpenter le quai, interminable. Si nous étions dans un roman classique, ça tournerait vite au feel-good. Tout y est. Mais je n'oublie pas que ma vocation est l'énigme policière. Alors, même si le décor s'y prête, ne comptez pas sur moi pour noyer le poisson. Nous, on profite à fond et, vous, vous nous retrouvez lundi matin. Bon week-end ! Juste en face de nous, Le Crotoy. Je pense à la chanson de Souchon. Une terrasse nous tend les bras pour dîner. Le soleil attend que nous ayons commandé et se couche. Sérénité, clapotis, ficelle picarde, fruits de mer. *What else* ? À lundi !

23

Quelque chose sur le feu

Contraste saisissant entre le week-end de rêve qu'on vient de passer et la banlieue où on passe notre vie. Parfois, prendre du recul permet de mieux jauger notre quotidien. C'est pas brillant. On a vu les phoques à la Pointe du Hourdel, les bancs du quai, les marchands de glace. On a suivi le rythme des marées, écouté les goélands brailler, humé les embruns et nous revoilà au rythme des feux rouges, au bruit des bagnoles et dans les odeurs de gaz d'échappement. Pas toujours cool la vie qu'on doit gagner. En attendant Van', qui a dû passer au commissariat pour se changer, Momo et moi sommes chez Félix. René vient de partir car il nous boude. Ça lui passera avant que ça ne nous reprenne, comme disait quelqu'un. Mon manchot a aussi vécu un dimanche inoubliable dans les bras décharnés de son aristocrate. Il n'entre pas dans les détails mais, à demi-mot, me révèle quelques secrets d'alcôves de la haute bourgeoisie. Il s'en passe dans les boudoirs, entre la galerie de portraits des ancêtres et le petit salon où on sert le thé. Hermone s'avère être plus gourmande qu'elle ne le laisse à penser. Le petit chien rose à sa mémère a la vie moins belle quand le bel étalon amputé du bras est dans le manoir. Pour se venger, il pisse, paraît-il, dans le corridor. C'est plus fin qu'on ne le croit ces petites bêtes. Ma lieutenante revient… en uniforme. Elle tenait à donner une image plus officielle à notre déplacement parisien. J'aime la voir dans sa tenue de terrain. Ça m'impressionne. J'ai un avantage sur vous, sur tout le monde, c'est que je sais ce qu'elle porte dessous. Excitant contraste. Imaginez la gendarmette en Lejaby, vous réclamant vos papiers lors d'un contrôle routier. Vous verrez, ça donne une tout autre gueule à l'ambiance. Sa présence intrigue deux vieilles décaties qui occupent une table proche de la nôtre. Nous ne nous attardons pas, l'uniforme tendant à chasser le client de cet endroit. Grâce à la 208 équipée, nous ne nous embarrassons pas pour nous garer rue des Rondeaux. La barrière du cimetière s'ouvre sans hésiter et nous avons même droit à un salut quasi-militaire de la part du vigile qui gère les accès. Moi, quand je veux entrer au flan dans un lieu privé, je balance de grands signes de pseudo-connivence au Cerbère qui contrôle l'entrée. Ça ne marche pas à tous les coups. Avec le gyro, tout s'arrange. On se stationne un peu à l'écart. Faut pas exagérer, une cérémonie est en cours et une autre attend dans les starting-blocks. Si fumer tue, mourir fume. Forte de sa prestance militaire, notre fliquette prend d'autorité la direction des opérations. Elle n'a obtenu, de son chef, que la matinée. Et il est déjà près de onze heures. Que voulez-vous, ça roule mal et on n'est pas des lève-tôt. Un artificier (je ne sais pas comment on appelle les employés de crématorium) qui fume sournoisement sa clope à l'écart nous indique la marche à suivre pour accéder à l'administration de cette usine à gaz (je doute que la crémation se fasse au feu de bois. Ça serait inscrit sur la plaquette publicitaire). C'est pas loin. Juste un peu à gauche en entrant dans l'imposant monument néo-byzantin. L'une devant les deux autres, nous nous dirigeons, en prenant un air vaguement recueilli comme l'impose l'ambiance, vers le bureau d'accueil. La préposée nous reçoit sans signe d'impatience et avec un large sourire. Avouez que cela n'est pas commun dans une administration. J'en serais presque à lui demander s'ils organisent des séances d'essais gratuites. Son costume strict cadre bien avec la solennité de l'endroit. La mort ça impressionne. Une belle femme mûre, mais pas trop cuite malgré son environnement professionnel, arborant une chevelure d'un roux incendiaire. Quoi de plus normal ? Elle se lève. Je renonce aussitôt à tout vague projet de rapprochement ultérieur. Inutile de me prendre la tête. Ophélie, c'est son badge qui le dit, mesure dans les un mètre quatre-vingt-dix sans les talons. Un peu plus de deux mètres avec. J'espère qu'en qualité d'employée, elle a des réductions, parce que quand son tour viendra, elle risque une sur-tarification. Vaness' lui demande s'il est possible de rencontrer un responsable. Qu'à cela ne tienne !

— Suivez-moi, on va dans mon bureau.

Polyvalente, l'hôtesse d'accueil. Deux tournages de cul et la voici patronne des fours municipaux. Son bureau est plein de portraits de cramés célèbres qui font une sérieuse référence à l'établissement. On vient de loin pour s'y consumer. Ça donne vraiment envie. Il y a même un buste de la Callas qui, selon la petite plaque, repose au jardin des souvenirs, à deux pas. Une bonne idée pour un selfie en sortant. Un grand tableau montre les périodes de fréquentations, avec promesse de réduction pour les périodes creuses. Août est plus favorable que décembre, par exemple, au sortir de l'épidémie annuelle de grippe. Et puis moins d'énergie est consommée durant les mois d'été. La pièce est vaste comme une étude de notaire. C'est vrai que les héritiers s'y précipitent aussi. La clientèle vient en meute. Nous nous installons face au burlingue de la géante gérante qui a dû baisser son siège au max car elle retrouve des proportions normales. En pro qu'elle est, elle ne peut pas s'empêcher de laisser traîner son regard sur Momo. Une idée germe dans son esprit de chef d'entreprise : faire des remises aux amputés ou leur proposer des mini-crémations pour leur membre perdu. Va falloir qu'elle peaufine tout ça. En attendant, et sans se départir de son plus éclatant sourire, elle nous questionne sur le motif de notre visite. Je laisse Vanessa mener l'entretien. Elle dispose de l'autorité nécessaire et conférée par sa tenue.

— Nous aimerions savoir comment se déroulent les formalités d'accès à vos installations.

— La première condition est d'être mort.

J'aime beaucoup l'humour de la dame. Il est le bienvenu. J'ai un peu froid. La clim ou l'ambiance ?

La dame reprend :

— Je plaisante. Quoique non, c'est bien la première des conditions. Sinon, c'est simple : les familles, souvent épaulées par des sociétés de pompes funèbres, entament les formalités de crémation du défunt. Il suffit qu'un médecin délivre le certificat de décès et le permis d'inhumer. C'est un vrai casse-tête pour nous car vous imaginez bien que nous subissons les flux. Vous avez vu, en arrivant, les cérémonies se succèdent. Nos fours n'ont pas le temps de refroidir.

— J'ai bien compris. Mais peut-on, par exemple, procéder à une crémation de sa seule initiative ? Un peu comme on peut passer le permis de conduire en candidat libre ?

— Euh… oui… Pourquoi pas, si toutes les conditions sont réunies. Mais, de mémoire, ça n'est jamais arrivé. Vous auriez un projet personnel ? Nous conseillons de faire intervenir notre partenaire « Les Pompes Funèbres 1887 » aux familles qui nous posent la question. Des funérailles, ça ne s'improvise pas comme un pot de départ à la retraite.

— Vous tenez un compte rendu d'activité ?

— Naturellement. Si vous me disiez ce que vous êtes venus chercher, on gagnerait du temps.

Elle n'a pas tort. J'ai l'impression que Vaness' n'est pas dans son assiette. Cette fumée qu'on aperçoit par la fenêtre, certainement. Je vole à son secours :

— Ophélie…

J'adore user des badges pour entretenir une connivence.

— … nous nous posons des questions à propos d'une crémation qui aurait peut-être eu lieu ici.

— Qui aurait peut-être ?

— Probablement. Nous ne sommes sûrs de rien.

— Dites-moi qui et quand, et je vous sors le rapport dans la seconde.

Bien obligé de lui dévoiler toutes nos cartes. On ne va pas finasser avec elle. Elle a des trucs sur le feu. Je lui donne donc le nom de Louis Dumortier, la date et l'heure supposée de la non moins supposée intervention à son encontre… Ou à son bénéfice, je ne sais pas juger. L'ordi est devenu la baguette magique des temps modernes. Il lui suffit de quelques clics et on se prend la claque.

— En effet, nous avons bien procédé à l'incinération de votre monsieur.

— Assurez-moi qu'il n'a pas souffert.

Elle me regarde avec plein de points d'interrogation qui flottent au-dessus de sa tête. Son sens de l'humour est à sens unique.

— Et tout a été fait dans les règles ?

— Autant que je puisse en juger, oui. Nous avions l'acte de décès et le permis. Pourquoi ?

— Pouvez-vous me préciser qui s'est occupé des formalités d'inscription à votre club ?

Elle hésite, regarde Vaness', l'uniforme, et se lance :

— Il n'y a pas de mystère : sa sœur, Stéphanie Barre, née Dumortier, et son beau-frère, Laurent Barre. Tout est conforme. Qu'est-ce qui vous chagrine ?

— Peut-on organiser deux cérémonies d'obsèques pour le même bénéficiaire ?

Elle se gratte virtuellement la tignasse, ce qui lui donne des reflets irradiants dans le contre-jour.

Dubitative… Voilà, c'est le mot : dubitative. Elle analyse la question.

— Je ne comprends pas la question. Pour des obsèques classiques, il faut un corps, et autant que je me souvienne, celui que nous avons grillé… Oups ! Excusez-moi, jargon professionnel… que nous avons incinéré était entier. J'étais même présente. Et la loi impose à l'opérateur l'obligation de constater la présence du corps. Dans les enterrements classiques, elle est supposée puisque la fermeture de la bière se fait juste avant la cérémonie d'enterrement. Il y a toujours le joker de l'exhumation ultérieure. Pas chez nous, c'est pourquoi nous sommes tenus de vérifier scrupuleusement. Précisez votre pensée, s'il vous plaît.

— Justement, imaginons que le corps ait été remplacé par du lest entre la mise en bière et l'enfouissement. Serait-il possible, dans ces conditions, de vous le présenter pour crémation ?

— Oui, possible, mais dans quel but ?

— Je l'ignore encore. Mais c'est théoriquement faisable ?

— Oui… Mais… Pourquoi pas ? Il est toujours possible d'agir avec un second exemplaire des certificats.

— Vous vous souvenez s'il y avait du monde ?

— Oui… Enfin non, c'était une crémation en toute intimité. La famille… Enfin, la sœur et le beau-frère.

— Et les cendres ?

— Depuis la loi de 2008, il est interdit de conserver l'urne chez soi, sur la cheminée, comme ça se faisait avant. Il reste trois possibilités : le dépôt dans un jardin du souvenir, l'enfouissement traditionnel, dans un caveau de famille par exemple, ou l'épandage dans un lieu naturel cher au défunt et conforme à sa volonté exposée. Interdit de les jeter à l'égout ou à la décharge municipale.

— Je parlais de celles de monsieur Dumortier.

— La famille les a récupérées le lendemain matin dans une simple urne de transport. Dans le but de les déverser quelque part, j'imagine : une rivière, un coin de montagne, le haut d'une falaise… La falaise a le vent en poupe depuis quelques années.

Nous savons tout ce que nous étions venus chercher. Pas réellement de progrès mais des précisions utiles et des confirmations inattaquables. Vaness' reprend du poil de la bête et demande une copie du rapport. Qui nous est remis sans tergiverser dans une magnifique pochette polychrome faisant office de plaquette publicitaire. Tout y est expliqué, des formalités d'inscription à la torréfaction, en passant par un historique de la pratique à travers les âges et les civilisations. Ça donne envie d'y passer sans plus attendre. Ils sont vraiment forts ces publicistes pour créer le besoin. Manque juste un échantillon des différentes moutures proposées. On salue poliment notre avenir personnifié par cette belle et imposante femme et c'est Momo, en quittant le monument historique, qui aura le dernier mot :

— Le bras m'en tombe.

24

L'accouchement approche

Un peu hagards, nous quittons ce havre de paix, auréolés de fumerolles. Le boulevard nous ramène à la vie. On va se trouver un petit restau dans le coin mais je ne vais pas vous saouler avec nos agapes. Vous les connaissez par cœur. La conversation est animée et tourne autour de nos dernières découvertes. Nous ne comprenons pas tout. Il serait tentant d'aller bousculer l'explorateur de vagins (je l'appelle ainsi en pensant tout haut parce que devant Vaness', je me prendrais un : « ah c'est fin ! » qui serait totalement justifié.) mais je préfère encore blinder le dossier. C'est sûr que ce que nous avons déjà justifierait de le questionner. Les preuves de son implication sont confondantes. Toutefois, il reste quelques questions en suspens dans mon esprit. J'ai des incertitudes qui m'empêchent de jouir pleinement de la situation. Ma lieutenante nous presse car son chef ne lui a donné que la matinée. Nous savons que le lundi, il rentre déjeuner chez lui, des restes du dimanche. Il est d'une génération qui a connu des temps difficiles et on ne jette pas un bout de gigot ou quelques haricots verts racornis. C'est comme ça et ça nous offre un petit délai. Nous sommes dans les clous quand nous lui restituons sa collègue qui file aussitôt troquer sa tenue d'opérette pour des atours plus civils. Même si on sent quand même la flic à sa façon de s'habiller. Pas de col Claudine ni de sandalettes en perles. Les mains dans les poches, on retourne, Momo et moi, le long de l'avenue, récupérer ma bagnole sur le parking de l'Inter. Je réfléchis, en marchant – marcher est très bon pour organiser ses idées –, à la suite des opérations. J'ai beau retourner le bébé dans tous les sens, la logique m'échappe. Ça reste un siège (métaphore obstétrique bien à propos). Les Dumortier et consorts sont bien tordus. Momo aussi échafaude à voix haute :

— Ça serait intéressant de voir qui participait aux obsèques officielles…

— Précise ton idée.

— Eh ben, j'imagine mal la sœur jumelle s'y faire excuser. Et si elle y était, je ne vois pas comment elle aurait pu participer à cette mascarade.

— C'est une bonne idée, on va vérifier tout ça en arrivant au bureau.

On accélère le pas. René a repris le collier, on l'aperçoit à l'autre bout du parking parlementer avec le chef du rayon boucherie. Il y a de la négo dans l'air. C'est vrai qu'il a désormais une bouche de plus à nourrir. Et quelle bouche ! Malgré tous nos efforts pour passer inaperçus, il nous détecte avec son fameux « cinquième sens », comme il dit. Un sens redoutable. Le voilà qui déboule, au grand soulagement du louchébem.

— Ah les mecs ! Vous étiez où ? Paulette est à l'hosto. Au Kremlin. J'vous cherche depuis ce matin.

— Que lui est-il arrivé ?

— Une connerie comme tous les accidents. Pendant que le voisin passait le kärcher sur la terrasse de derrière, elle a voulu décoincer le store du d'sus de la fenêtre du salon. Vous verriez, la classe ! On s'croirait presque dans *Maisons et Décoration*. Elle a grimpé sur l'escabeau. Mais comme elle y arrivait pas, vu qu'il est tout rouillé, elle m'a demandé de venir l'aider. J'ai monté à mon tour et le truc il a pété net. Vous auriez vu la gamelle ! C'est vrai qu'c'est pas un deux places mon escabeau. Heureusement, j'chuis tombé sur elle. J'ai rien. C'est mieux vu qu'c'est moi qui bosse.

— Et elle ?

— On sait pas. La tête de l'utérus, d'après ce que j'ai compris. Ils lui ont fait une radio de l'épaule. Pour un peu, elle faisait comme Momo. J'aurais eu l'air fin avec une handicapée. J'aurais pas pu rester avec. Ils vont la garder jusqu'à ce soir pour surveiller, à cause qu'elle a saigné du nez comme un goret et qu'elle manque de globules. Ils lui ont mis une épaulette à Paulette !

Et il se marre comme un pendu.

— Et c'est ça que tu racontais au boucher ?

— Non, j'lui demandais qu'y m'sorte en douce une entrecôte pour que je lui amène à l'hosto. Pour les globules, y a rien d'mieux. C't'aprèm, j'vais à la mairie pour voir si on a droit à des aides et comment faut faire pour une pension. Vous pouvez m'déposer ?

— File récupérer ton entrecôte et magne-toi, on a du boulot.

On n'attend pas longtemps avant qu'il réapparaisse dans le paysage avec un méga sac qui semble peser un âne mort.

— Ouv' vite ton coffre !

J'ouvre et il fourre son butin sur ma roue de secours.

— Ce con, il a pu eu l'temps de la découper. Il m'a filé un reste de carcasse. Paulette va être contente, elle adore gratouiller autour des os.

— Tu vas lui cuire comment ?

— Y z'ont un micro-ondes dans la salle des infirmières.

Il a tout prévu. On le débarque devant la mairie avec son sac de bidoche et quelques mouches de ses amies. Retour au calme. Nous nous accordons un quart d'heure d'hébétude avant que je prenne l'initiative d'appeler Jessica. La persuader qu'on progresse bien sans trop lui en dévoiler. Je suis vraiment dans le brouillard.

— Je ne peux pas encore tout vous révéler mais j'aurais besoin de votre aide. Et je vous garantis un résultat imminent.

— Tant mieux, parce que cette histoire commence à me fatiguer. Si ça n'était l'insistance de ma mère, je vous demanderais de laisser tomber. Que papa repose où il peut. Qu'est-ce que je dois faire ?

— Me dresser une liste des intimes qui étaient présents à la cérémonie de Vitry et de ceux qui vous ont accompagnés jusqu'à Bron.

— Que les intimes ?

— Oui, essentiellement la famille. Je pense que de nombreux inconnus se sont joints à vous…

— Oui, et je ne les connais pas tous. Écoutez, je m'y mets tout de suite et vous aurez ça par mail, dans un quart d'heure.

— Je compte sur vous. Merci !

Pour utiliser le temps d'attente, je commence à réfléchir à la facture. Mine de rien, avec les frais de déplacement, ça monte vite. Il va finir par coûter cher cet enterrement de première classe.

Van' m'appelle pour me demander si elle doit informer le commissaire afin qu'il rouvre l'enquête ou si je préfère qu'elle lui dise qu'on a fait chou blanc. Mon intuition me guide vers la seconde proposition. Il va être trop content de se foutre de nous. Il ne m'appartient pas de faire justice. On verra, quand la famille sera au clair avec l'affaire, s'il y a lieu ou pas de sortir notre science. Jess' tient parole. Son mail me parvient au bout de dix minutes. Laconique mais efficace. Elle a dressé, sur une feuille, deux colonnes : une pour Vitry et une pour Bron. Les noms communs sont en haut de page. Le papier est manuscrit. Il a été scanné puis joint au message. Je me focalise sur les personnages qui apparaissent dans nos investigations. La femme du mort, sa fille et beaucoup de familiers étaient des deux cérémonies. La plupart, grâce au car affrété par l'entreprise, ont suivi jusqu'à la dernière demeure bronnaise (J'imagine que c'est ainsi qu'on appelle les habitantes de Bron. Je n'ai pas le temps de vérifier). Vous vous en doutez, je m'attache particulièrement aux Barre.

À Vitry, on retrouve Laurent et Stéphanie. Mais à Bron, Laurent n'était pas de la fête. Il avait donc un ou une complice dans le Ducato. Ce n'était ni Jessica, ni l'épouse, ni la sœur car elles figurent toutes les trois dans les deux colonnes.

Mon téléphone sonne.

Je décroche : Jessica.

— Ça vous convient ? J'ai noté tous les gens de la famille et les amis proches. On les retrouve des deux côtés.

— Sauf Laurent Barre. C'est qui ?

— Mon oncle. Le mari de ma tante Stéphanie, la sœur jumelle de papa.

— Il ne vous a pas suivie à Bron ?

— Non, une obligation professionnelle. Il est accoucheur dans une clinique. Mais ma tante était là et c'est l'essentiel.

— Sa jumelle, dites-vous ?

— Oui, la pauvre. Elle a été ravagée.

— Ensuite, comment s'est passé le retour ?

— Normalement. Ceux qui étaient du voyage ont rembarqué après un repas pris en commun et chacun a regagné son chez-soi après l'arrivée au siège de Fabert, où on avait tous laissé nos voitures.

— Et votre tante ?

— Comme les autres. Laurent est venu la récupérer à Ablon, où elle était rentrée avec maman et moi. Mais pourquoi vous intéressez-vous à eux ?

— Comme ça, par compassion. J'imagine ce que c'est de perdre un frère jumeau.

— Oui, c'est terrible.

— Bon, je continue encore quelques vérifications et vous aurez le résultat.

— Faites vite ! Dans quel état va-t-on récupérer papa ? Préparez rapidement votre facture. J'ai hâte de tourner la page. Et maman encore plus.

Momo a tout entendu. J'avais mis mon smartphone sur haut-parleur.

— Ça se tient, tout ça. La sœur fait alibi en se montrant partout. Le beau-frère fait acte de présence et disparaît pour organiser l'enlèvement du corps. Ensuite, il récupère madame et il leur reste deux jours pour faire procéder à la crémation. Mais pourquoi ?

— C'est ce qu'on ne va pas tarder à savoir. Les quilles sont bien alignées, on n'a plus qu'à ajuster le tir. Je tape la facture et on sort l'artillerie.

— Comment tu comptes t'y prendre ?

— Facile, on demande une entrevue avec monsieur le gynéco et sa dame. Une virée à Chatou s'impose.

Je rappelle Jessica et je lui demande les coordonnées personnelles de son oncle en lui expliquant que j'ai besoin de faire une vérification. Le risque est de lui mettre la puce à l'oreille mais tant pis. Sans difficulté, elle me communique un numéro de portable. Je le compare avec ce que j'ai sur la carte de visite que m'a donnée Ben Moktar. Il n'y figure pas. C'est donc bien son numéro privé. Je réfléchis à comment aborder le problème. Je n'aime pas agir dans la précipitation. Ça ne me réussit pas. Il me faut trouver un angle assez persuasif pour éviter de perdre du temps. L'idée ne tarde pas. J'appelle. Répondeur. Je raccroche sans laisser de message. J'espère qu'il ne filtre pas de cette manière. Je lui laisse le bénéfice du doute. Peut-être est-il occupé à cette heure-ci. Je serais assez tenté de présenter la facture à la famille Barre contre mon silence mais, déontologiquement, je trouve ça scabreux. Et ça m'obligerait à remettre un rapport d'échec à ma cliente… J'ai ma fierté. Nous laissons un peu de temps s'écouler pendant lequel nous prenons un café et je retente un appel. Avec succès !

— Docteur Barre ? Laurent Barre ?

— Lui-même… Mais comment avez-vous eu ce numéro ? C'est une ligne strictement privée.

— Quand vous saurez ce que j'ai à vous dire, vous m'intégrerez à vos intimes. Pourrait-on se voir rapidement ? Ce soir, chez vous ?

— Mais vous êtes qui ? Et qu'est-ce que vous voulez ?

— Vous parler du Ducato.

Je devine une totale incompréhension. Je l'aide :

— Le véhicule utilitaire de chez CaissenLoc de Gentilly.

Il s'étrangle en silence.

— Mais vous êtes qui ?

— Pour l'instant, un ami de la famille. Faisons tout pour que je le reste.

— Je vous préviens, le chantage n'est pas quelque chose auquel je suis sensible.

— Qui vous parle de chantage ? Il s'agit de la tranquillité de votre conscience.

Je lui explique qui je suis et qui me mandate. Le calme revient et, dans un soupir, il accepte de me recevoir. En route pour Chatou !

25

On range les forceps

Aller à Chatou, quand la banlieue sature, n'est pas la meilleure idée. Nous prenons notre mal en patience, Momo et moi. Et il nous faut près de deux heures pour rallier cette charmante bourgade chic. Grosse surprise à l'arrivée : on retrouve la Seine, la même qu'à Ablon, et le coin où résident les Barre m'est étrangement familier. L'avenue Gambetta de Chatou a des airs du quai Pasteur d'Ablon. Encore plus étonnant : la maison des Barre ressemble énormément à celle des Dumortier. Même la Seine fait une boucle pour nous donner l'impression d'être sur la même rive. Je ne sonne pas, le portail est ouvert. Nous sommes attendus. J'ai à peine avancé le train avant qu'un grand mec vient à notre rencontre. J'essaye mentalement de recoller sa silhouette à mon souvenir de la bande-vidéo de l'aire d'autoroute. La correspondance est possible. Je souris intérieurement en voyant la Tesla garée au cul de la Q30. Bon boulot, Vaness' ! L'accueil est méfiant. Il nous serre toutefois la main et nous invite à le suivre. L'intérieur est nettement plus contemporain que chez le beau-frère. Moins de bric et de broc. Le comité est au complet : le toubib et la jumelle. Je n'ai pas connu feu Louis Dumortier autrement que par l'intermédiaire de photos. Il m'est donc difficile de voir en Stéphanie Barre sa jumelle. Ça ne saute pas aux yeux. Elle fait plus jeune, moins rustique. René aussi a une jumelle et là, c'est indéniable. Par contre, je trouve un air de famille certain entre cette dame, qui nous regarde avec une sorte de lassitude dans les yeux, et Jessica, sa nièce. Je comprends aussitôt que les carottes sont cuites. Le couple a déjà capitulé. Beaucoup de questions traversent leurs esprits. Ils sont plutôt sympathiques. Elle, quand je la regarde, c'est le mot « saine » qui me vient à l'esprit. Lui, c'est « réussite », mais sans ostentation. L'employé de Cristina avait raison, il ne dépareillerait pas dans une série américaine. Des gens bien dans leurs bottes. Son expression à elle m'évoque aussitôt une certaine Pénélope F., qui a aussi été prise, à son corps défendant, la main dans le pot de confiture. Des coupables victimes. Victime des circonstances pour mon hôte, victime de la cupidité extravagante de son mari pour ma référence sarthoise. Laurent nous invite à nous asseoir. Il a même prévu une sorte d'apéritif improvisé avec des chips, des olives et des rondelles fines de saucisson. Je sens l'inutilité de toute finasserie. On va juste s'expliquer. Momo accepte un verre de blanc, Laurent l'accompagne. Je partage, avec Stéphanie, un demi-Perrier et deux rondelles de citron.

Peu de mots ont été prononcés. Mais nous n'allons pas passer la soirée en partageant des non-dits. Laurent prend la barre (facile) :

— Je comprends votre présence ici et on ne va pas jouer au chat et à la souris, je suis curieux de savoir comment vous êtes arrivés jusqu'à nous. Bravo ! Sincèrement… Si un jour j'ai besoin de détectives, je saurai où m'adresser.

Je lui raconte le cheminement de notre enquête : la vidéo surveillance de Mionnay, puis des autoroutes, le véhicule de location facilement repérable…

— Vous auriez emprunté n'importe quel utilitaire banalisé, on n'aurait pas pu vous suivre à la trace.

… La poterne des Peupliers, la géolocalisation (à laquelle il n'avait pas songé) qui nous a conduits jusqu'au garage de madame Mercier, cette même madame Mercier qui nous a envoyés chez son locataire Ben Moktar, Ben Moktar qui a craché le morceau quand je lui ai évoqué, sans précision, sa complicité dans un enlèvement, toujours la géolocalisation jusqu'au crématorium, le rapport d'incinération de Louis Dumortier et nous voilà.

— Chapeau ! Vraiment.

Lui se détend. Elle, au contraire, se recroqueville. Je poursuis :

— Vous avez commis plusieurs erreurs. La première, je vous l'ai déjà mentionnée, a été de louer un véhicule si aisément identifiable. Mais sans la caméra de la Poterne, nous n'aurions pas aussi facilement retrouvé l'agence de location. La seconde est liée à votre générosité, bien qu'elle n'aurait pas été suffisante pour qu'on parvienne jusqu'à vous : vous avez donné cent euros de pourboire à l'employé de la société de location, vous pensez bien qu'il vous a fixé dans sa mémoire. Parmi tous les clients qu'il voit défiler, vous étiez devenu l'unique. Sans l'intervention de CaissenLoc et son système de géolocalisation, jamais nous ne serions remontés jusqu'à vous. Jamais.

— Nous ne sommes pas des pros, croyez-le bien. Pourtant, on pensait avoir tout bon avec notre improvisation. Nous ne pouvions pas imaginer que Louis mourrait aussi subitement.

— J'ai d'ailleurs une question pour laquelle je n'ai pas de réponse : Pourquoi ? Même si, au fil de l'avancée, j'ai une petite idée…

C'est Stéphanie, subitement ranimée, qui prend la balle au bon :

— Tout est de ma faute ! Laurent n'a fait que m'aider. Et puis nous n'avons rien fait de répréhensible. Je voulais que mon frère ait les obsèques qu'il souhaitait. Nous avions un pacte entre nous. Vous allez sourire, mais je dirais même… un projet.

— Croyez-moi, madame, je n'ai pas envie de sourire. Je compatis à votre douleur et je commence à comprendre.

— C'est assez simple, en effet. Ma belle-sœur n'a pas respecté la volonté de son époux. Il n'a jamais envisagé d'aller pourrir dans un caveau à Bron. Il l'a exprimé de plusieurs façons et il n'y avait aucune ambiguïté. Il en a même fait une clause testamentaire. J'ai donc estimé de mon devoir de rétablir les choses. Vous avez oublié un gros détail dans votre cheminement : ce stupide accident au cimetière de Bron. Sans lui, tout serait passé inaperçu et tout le monde, si je peux oser dire ça, aurait été content.

J'en conviens d'un hochement de tête. C'est vrai que ces sacs de sable ont constitué le grain de sable qui a foutu le feu aux poudres.

— Vous m'avez parlé d'un projet commun…

— Vous allez trouver cela saugrenu.

— Je vous en prie, n'imaginez rien.

— Le projet tient à notre enfance. Nous avons grandi ici, Louis et moi. C'est pour des raisons d'opportunité de carrière, à l'issue de ses études, qu'il est parti dans le Rhône où il a rencontré ma belle-sœur. Petits, notre repaire était l'île de Chatou. C'était notre terrain de jeu. Surtout la partie qu'on appelle maintenant l'Île des Impressionnistes et qui est devenue un vaste parc aménagé. À l'époque, c'était pour nous une forêt mystérieuse. Bref, je m'égare…

Personnellement je ne trouve pas. Je trouve cette évocation de l'enfance émouvante. Momo aussi, apparemment.

Elle se reprend :

— Nous étions persuadés, alors, dans nos idéaux infantiles, que seule la mort pourrait nous séparer. Nous étions à l'âge « mystique » où la morbidité monopolisait nos réflexions. C'est à cette époque, qui remonte donc à l'enfance, que nous nous étions faits une promesse : se faire incinérer et que nos cendres soient répandues sur l'île. Promesse que nous nous étions solennellement juré de tenir. Sans imaginer, d'ailleurs, qu'un de nous deux mourrait avant l'autre. Alors vous comprenez, quand j'ai constaté comment les choses allaient tourner, il a fallu prendre une décision dans l'urgence. Tout n'a certes pas été parfait, puisque vous êtes ici, mais quoiqu'il arrive j'ai ma conscience pour moi.

Vous savez quoi ? Eh bien, cette histoire m'émeut. Je suis vraiment très heureux que la police ait jeté l'éponge aussi rapidement. J'entrevois une fin à la « Agatha Christie » avec tous les protagonistes réunis dans un petit salon et moi qui reconstitue l'énigme en les accusant, puis les innocentant chacun leur tour. Tous coupables, tous innocents. Mon verre est vide. On attend que je dise quelque chose.

— J'imaginais bien une histoire comme ça, mais pas si belle. La mort est quelque chose d'intime et la promesse faite à un enfant devrait toujours être sanctuarisée. Nous avons terminé notre mission, si on peut appeler ça une mission. Il ne me reste plus que quelques questions. Ensuite, je pense que le mieux sera d'organiser une réunion de famille pour tout aplanir et reprendre une vie sereine des deux côtés de la Seine (j'y tenais à ces deux rives qui, sans qu'ils ne s'en rendent compte, séparaient les jumeaux).

Je sens une confiance bienveillante et même amicale s'installer. Laurent me demande quelles questions restent en suspens.

— J'ai bien compris le rôle de chacun de vous deux et où vous étiez à chaque étape du déroulement. Mais, Madame, est-ce vous qui avez accompagné votre mari lors de la restitution du véhicule de location ?

— Oui, naturellement. On l'a rendu juste avant la cérémonie au Père-Lachaise. Nous y avions préalablement déposé le cercueil qui était en attente.

— Comment avez-vous pu garder ainsi un corps pendant près de trois jours ?

Laurent reprend la main. Les questions médicotechniques c'est son domaine.

— Pour le transport, nous avions aussi loué un bloc réfrigérant autonome que nous avons installé dans le fourgon puis dans le garage. Nous l'avons récupéré dans le garage le lendemain de la cérémonie et nous sommes allés le rendre après notre passage chez mon ami Ben Moktar pour lui restituer les clés.

— Dernière chose : qui vous a accompagné dans votre périple lyonnais ?

Les deux se regardent. Au point où ils en sont…

— Amin, un de nos fils adoptifs. Un sportif qui est pompier de Paris. Mais nous souhaiterions qu'il reste en dehors de tout ça.

Aparté pour les lents d'esprit : Barre Amin…

— Ne vous inquiétez pas. Il n'y a aucune raison que quiconque ne lui reproche quoi que ce soit. Entre nous, je suis heureux que cette affaire nous ait été confiée. Vous allez pouvoir régler vos comptes en famille et, à mon avis, le meilleur rôle sera le vôtre.

— Qu'est-ce qu'on risque ?

— Rien puisqu'officiellement, il n'y a pas d'affaire ni aucun dossier ouvert par la justice. Par ailleurs, vous avez agi dans les règles et sans intention de nuire. Que sont devenues les cendres ?

Stéphanie redémarre :

— Pour l'instant, elles sont toujours ici. J'espérais pouvoir les répandre avec toute la famille, sans savoir comment faire. Votre intervention m'apporte une réponse. Nous allons devoir nous expliquer. Elles seront répandues à la pointe de l'Île des Impressionnistes. Qui sait, peut-être parviendront-elles jusqu'en Normandie…

Laurent aura le dernier mot :

— Dire que ce salaud de Ben Moktar a passé le week-end en Normandie avec moi – nous avions un tournoi de golf – sans lâcher un mot sur l'affaire. La maîtrise du chirurgien n'est pas un mythe.

Un truc me revient :

— Dites, et après on vous laisse, c'est quoi cette histoire de permis de conduire que vous avez donné à la société de location ?

Laurent s'en amuse, Stéphanie s'en étonne.

— Une idée à moi. Une sorte de pied de nez pour noyer le poisson. Presque une blague. Il y a un an, j'ai prêté ma voiture à mon beau-frère pour huit jours. La sienne était en réparation et nous avons deux véhicules. Quelque temps après, il a constaté qu'il avait égaré son permis. Il m'a demandé de fouiller la voiture mais je n'ai rien trouvé. Ni dans les rangements, ni sous les sièges. Rien. Il a donc fait refaire ce document. Et puis, il y a quelque temps, j'ai dû baisser le pare-soleil. Chose que je fais rarement. Et j'y ai retrouvé le fameux permis qu'il avait placé là sans s'en souvenir. Comme il en avait un neuf, il m'a dit de le jeter. Je ne sais pas pourquoi je l'ai conservé. J'y ai repensé en louant la fourgonnette au nom de sa société.

— Et la carte bancaire ?

— Quelle… Ah oui pour la caution ! C'était la mienne. Comme pour le paiement de la facture.

Encore un mystère de levé. Nous prenons congé. Il me charge d'organiser le dénouement. « Votre œil neutre facilitera les choses et vous méritez bien vos lauriers. »

26

Extinction des feux

Le retour de Chatou a été tardif. Mais Vaness', qui se sent autant concernée par l'histoire que moi, ne me reproche rien. Mes explications et ce dénouement la révoltent.

— Tu imagines ces pauvres gens si on avait continué l'enquête officielle ? On les aurait retrouvés dans le box des accusés. C'est un comble quand même ! Notre justice ignore la parole d'un mort. Pourtant, c'est bien la veuve qui a déconné. Tu vas devoir insister là-dessus pour rétablir le calme.

— J'y compte bien. Et j'espère qu'ils vont se cotiser, une fois d'accord, pour payer ma facture.

Elle rigole franchement.

— C'est vrai que tout ça pour ça… Ils vont regretter de ne pas s'être expliqués en famille. Déjà qu'ils ont payé deux enterrements. Tu as intérêt à récupérer ton chèque avant de remettre ton rapport.

— J'y compte bien aussi. J'ai un peu de scrupules mais il n'y a pas de raison. Et puis j'ai eu pas mal de frais.

— Tu ne vas quand même pas leur facturer notre virée en baie de Somme ?

— Pas directement, non. Mais je peux considérer que c'était la rémunération d'une indic. C'était un peu ça, ton chantage.

La nuit a été insomniaque. Aucun de nous deux ne réussissait à s'endormir. Je n'avais qu'une hâte : appeler ma cliente et en finir.

Ce matin, je traîne un peu. Momo est prévenu qu'il peut disposer de sa journée. Nous allons entrer dans une phase d'inactivité. Il commence à s'y faire. Je suis arrivé au bureau tôt. J'ai tapé la facture définitive. Et je n'y suis pas allé avec le dos de la cuillère. Tous les frais ont été méticuleusement répertoriés et gonflés. Les clients aiment en avoir pour leur argent. La marge sur le temps passé, à deux enquêteurs, est vraiment dans le haut du tableau de ce qui se pratique dans la profession. Si je devais vendre mon fonds de commerce à l'issue de ce dossier, j'en tirerais un bon prix. À affaire exceptionnelle, rentabilité exceptionnelle. Bon, il est l'heure. J'appelle Jessica qui me répond avec une légère exaspération qui s'entend à ses silences : « Qu'est-ce qu'il veut, encore, celui-là ? » Mais elle est bien élevée et reste polie. Son humeur change dès mes premiers mots.

— Mademoiselle Dumortier (j'ignore si elle est mariée. Avoir deux mômes, de nos jours, n'est pas un signe), voilà, j'ai le plaisir de vous dire que je détiens tous les éléments avec toutes les explications.

— Vous avez retrouvé papa ?

Délicate question mais je peux répondre sans mentir :

— Oui !

— Intact ?

— Oui… Enfin presque… Vous comprendrez. Je préférerais qu'on se rencontre pour parler de tout ça.

— Qui a fait ça ?

— Je vous l'expliquerai de vive voix. Vous allez être…

Je retiens mon mot. J'allais dire « contente »…

— … soulagée.

— Je peux passer quand vous voulez. Le temps de caser les enfants chez la voisine et d'arriver.

— Je vous attends à mon bureau. Là où nous nous sommes rencontrés la première fois.

— Je viens. Je suis chez vous dans une demi-heure.

Voilà qui est parfait. Une demi-heure, ça me laisse le temps de laver les tasses qui s'accumulent dans l'évier, de faire un peu de rangement. C'est vite le bordel dans mon bureau. J'ouvre le rideau à lamelles et j'aperçois le petit voisin en faction devant ses plantations. Lui aussi me voit et me fait un signe. Je déboule. Des petites pousses vertes sortent du terreau. Il est fier. Je tâte la terre. L'arrosage me paraît bien. Ni trop ni trop peu. Je le félicite :

— C'est parfait ! Tu es un vrai jardinier. Mais qu'est-ce que tu as dit à ta mère ?

— Comme t'as dit, que c'était du persil. Comme elle aime pas ça, ça tombe bien.

Ben voyons, bientôt je vais être l'instigateur de ses essais agronomiques.

— T'aurais pu mettre un petit rang de haricots verts devant pour ne pas attirer l'attention.

Je le plonge dans une réflexion douloureuse. Et si quelqu'un de malintentionné venait lui chiper sa récolte ? C'est vrai que notre cour est accessible à tout le monde.

— J'vais mettre une tôle devant pour pas qu'on voie mon bac.

— Cache-lui pas trop le soleil quand même.

Mon téléphone fixe, celui qui ne sonne que pour me fourguer une pompe à chaleur, fait diversion. Je le laisse à ses projets architecturaux. Quand j'arrive, ça a raccroché. Je ne prends même pas la peine de vérifier qui a appelé. René appelle à son tour pour me demander si je n'ai pas un parasol de trop. Non. Mais j'en profite pour lui demander des nouvelles de son éclopée.

— Elle est rentrée. Plus de peur que de mal. Finalement, c'était pas l'utérus mais un os du bras qu'est fêlé. Heureusement qu'il fait beau.

— Je ne vois pas le rapport.

— Ben si ! Comme je suis obligé de l'habiller et de la déshabiller, j'peux la laisser en slip. On gagne du temps.

— Elle est où, là ?

— Sur la terrasse, c'est pour ça que je te demandais si t'avais un parasol. J'en ai bricolé un avec des sacs-poubelles, mais avec le vent…

J'imagine le tableau. Je prétexte une visite pour le laisser avec ses soucis. Pas si prétexte que ça parce que je reconnais la voix de Jessica qui discute avec le gamin à la jardinière. Je l'entends répondre « Du persil ! » en ouvrant la porte pour accueillir ma cliente. Radieuse, la Jess' ! Méconnaissable. Plus de traces de chagrin ni d'exaspération. Je ne suis pas trop inquiet de sa réaction à ce que je vais lui révéler. J'ai des arguments. Sans attendre, je la vois sortir son chéquier en souriant. Je pense à ma conversation d'hier au soir avec Vanessa. Je lui tends la facture. Je guette la tête qu'elle va faire en lisant le prix à payer. Le sourire reste.

— Si vraiment vous avez résolu cette histoire, vous n'êtes pas cher. Je m'attendais à plus.

Si j'avais su. Mais ça n'est plus le moment. J'ai toujours une appréhension à remettre mes factures. Pourtant, elles ne sont que rarement discutées. À croire que c'est comme la psychanalyse : plus c'est cher, plus c'est efficace. Je récupère le chèque sans vérifier et le glisse dans mon tiroir. Le plus délicat reste à venir. Je commence par lui décrire, par le menu, le déroulement de l'enquête. Toujours dans le souci de justifier mes honoraires. Elle m'écoute avec attention. Je prends mon temps, je brode, je « flashback », j'élude des choses (comme une partie de mes investigations rue Frérot ou les avances de la mère Mercier), j'en gonfle d'autres (je rends fastidieuse et chronophage l'étude des bandes-vidéo), je progresse chronologiquement. Quand, enfin, j'en viens à intégrer son oncle et sa tante, je la sens plus nerveuse. Elle remue sur son fauteuil, ses doigts serrent le rebord de mon bureau. Je décide de contourner le problème en commençant par le pourquoi plutôt que par le comment. Elle est bien consciente des volontés de son père. D'ailleurs, si je me souviens bien, elle me les avait elle-même évoquées lors de sa première visite. Je m'appuie sur ça et me lance dans une étude approximative et improvisée sur les liens qui unissent les jumeaux. Je la close à chaque fois.

Comment pourrait-elle contredire mes propos ? Une fois évoquée l'enfance du papa et de sa jumelle, l'île aux Impressionnistes, les serments enfantins, les convictions, etc. je n'ai plus qu'à porter l'estocade, relater le déroulement du plan et insister sur la cérémonie faite avec beaucoup de respect et d'amour selon les règles qu'il avait personnellement définies. Elle repleure, en souriant.

— Ils ont fait ce que je n'aurais pas osé entreprendre.

— C'est normal, vous étiez prise entre la volonté de votre père et celle de votre mère. Votre place était intenable et la décision ne vous appartenait pas.

— Vous êtes gentil.

C'est vrai, faut reconnaître, mais comme disait mon père (celui de l'auteur) : « La gentillesse, ça ne se mange pas en salade. » Elle paraît embarrassée. Prend-elle conscience qu'il n'y avait pas d'affaire en réalité ? Je vais abonder avant qu'elle ne prenne l'initiative :

— Le plus regrettable, dans votre histoire (maintenant qu'elle a payé, c'est la sienne), c'est le manque de communication. En somme, chacun était de bonne foi et agissait en fonction de ce qu'il estimait le mieux pour votre papa.

— Bien sûr, et je n'en veux pas du tout à ma mère. Je suis juste frustrée de ne pas pouvoir en vouloir aux « coupables ». Je précise bien que ce mot est entre guillemets.

J'avais bien compris. D'ailleurs, elle avait joint le geste à la parole.

— Si j'osais, je vous demanderais bien un dernier service. Je vous paierai, naturellement.

— Dites !

— Accepteriez-vous de servir de… modérateur ? Qu'on se réunisse tous en votre présence pour que nous puissions tourner la page sans rancœur ?

— Bien naturellement, et je considère que ça fait partie de ce que je dois à votre famille. Pas question de payer davantage pour ça.

— Je pense… Mais je vais les appeler pour leur expliquer que je sais, que je comprends et apprécie leur geste… Je pense donc que vous pourriez organiser une rencontre avec ma mère, ma tante, mon oncle et moi à Ablon. Le plus dur sera pour maman qui va se trouver bien seule et désespérée. Vous savez, c'était important, pour elle aussi, d'être enterrée, le moment venu, avec papa. Compliquées, ces histoires.

— Je suis d'accord. Je vous laisse planifier les disponibilités avec votre tante et votre oncle et je m'occuperai de vendre la réunion à votre maman. Laissez-moi son numéro de téléphone et donnez-moi le feu vert quand tout est OK.

— Si vous saviez comme je suis heureuse que tout se termine ainsi ! J'avais imaginé tant d'horreurs !

Et pour me le prouver, elle se lève et vient m'embrasser. Pas tièdement, mais permettez-moi de respecter le secret professionnel. Avantage en nature. Un petit plus à ma facture.

ÉPILOGUE

Conseil de famille

Si vous m'aviez dit qu'un jour, je vous commettrais un final à la Agatha Christie, je vous aurais ri au nez. Et pourtant, nous y sommes ! Je vais essayer de vous la faire sans l'arrogance d'Hercule Poirot, mon homologue moustachu. Le feu vert de Jess' ne s'est pas fait attendre puisqu'elle était à peine retournée chez elle qu'elle me le donnait. Elle a dû joindre son oncle ou sa tante de la voiture.

— Ils sont disponibles demain. Moi aussi. Comme vous le savez, le mercredi, je vais à Ablon. Nous pourrions donc improviser la confrontation demain. Et vous n'avez pas à prévenir ma mère, elle ne bougera pas. Mon oncle propose le début d'après-midi. Il a une consultation le matin. Si ça vous convient…

Nul n'ignore, sauf elle, que désormais, je pointe au chômage technique jusqu'à la prochaine opportunité. J'accepte donc avec une certaine appréhension.

Les démonstrations devant un public, fut-il acquis à soixante-quinze pour cent, ne sont pas mon fort. Mais il est, dans la vie, des obligations difficilement contournables. De toute façon, j'ai déjà accepté le challenge. Avec une certaine curiosité, je l'avoue.

Tout le monde est déjà là quand j'arrive, ce mercredi, vers quatorze heures trente. L'Infiniti rutile sur l'allée. Aux têtes visiblement soulagées qui m'accueillent j'ai le sentiment que le gros du boulot est déjà fait. La frangine est bras dessus, bras dessous avec la veuve. Laurent pousse la gamine de Jessica sur la balançoire. Le gamin n'est pas là ou alors il regarde la télé à l'intérieur. Jess' me colle une bise. Je suppute qu'on va m'inviter à l'épandage des cendres. Tout se passe en creux, en non-dits, ils sont déjà réconciliés. Je justifie ma présence en brossant un tableau des faits, en relatant le rôle et la motivation de chacun. Je respecte scrupuleusement les deux points de vue (asticots d'un côté, et lyophilisation de l'autre). Je me garde de juger et de donner mon avis (je n'en ai d'ailleurs pas). Tout ça se passe avec café et thé à volonté. Jess' a même prévu des mignardises. Quelle jolie fête de famille ! On se croirait à la fin d'un Astérix. Je me hisse à de hauts niveaux. Madame Dumortier, que j'ai négligé de prénommer, s'exprime. Elle a fini par se ranger à l'avis de son feu mari et reconnaît que son initiative d'aller contre sa toute dernière volonté était maladroite et égoïste. Personne ne lui en demandait tant et chacun lui donne quitus en lui assurant qu'il l'a comprise et que, surtout, il ne conserve aucun grief à son encontre. Tout le monde a fait pour le mieux en fonction de sa conscience et de ses convictions.

On me loue d'avoir permis cette réunification dans la clarté et la franchise. Ma mission, me fait-on le plaisir de prétendre, a été effectuée avec tact et discrétion. Une forte reconnaissance m'est adressée parce que, grâce à mon sens de la mesure (j'invente rien, ils l'ont dit), cette histoire n'est pas sortie du giron familial. Jessica est remerciée d'avoir pris l'initiative de me l'avoir confiée. Encouragée, il est vrai, voire poussée, par sa mère. Le seul regret subsistant est positif: l'absence de communication. Mais le temps ne l'a pas permise, cette communication. Des obsèques se font toujours dans une forme de précipitation. J'ai comme l'impression que Louis Dumortier est définitivement enterré. Plus personne ne pense vraiment à lui. Priorité au vivant! Les cendres seront répandues courant de la semaine suivante, en évitant le mercredi et le week-end car l'île des Impressionnistes y est très fréquentée. Je suis invité. Je décline poliment, évoquant des obligations que je n'ai pas. Cette histoire ne me concerne plus. Personne n'insiste. Laurent clôt cette cérémonie intime et improvisée en répartissant les poignées personnalisées du cercueil qui n'ont pas été incinérées. Une pour la veuve, une pour la sœur, une pour la fille et une… pour moi. Un trophée de plus. La page est tournée.

BONUS

Vermouth et vieilles dentelles

Saint Antoine m'a apostrophé hier matin, au bistro. Il voulait savoir où j'en étais avec mon macchabée fantôme. Je lui ai avoué que ça resterait un mystère. Ça l'a bien fait rigoler. Mais j'ai réussi à attiser sa curiosité (voire à la piquer) en lui racontant que j'avais eu l'occasion de rencontrer, par hasard, une certaine madame Mercier qui avait des informations sérieuses à propos de l'affaire des éventrés du Val de Marne, un *cold case* refermé depuis longtemps mais pas encore prescrit. Vous pensez bien qu'il a mordu aussitôt à l'hameçon. Les perspectives de lauriers le mènent par le bout du nez. À chacun son bout pour mener sa vie.

Je suis là, aux Cailloux, en haut de la rue Samson, à l'attendre depuis plus d'une heure. C'est bon signe. Si je me réfère à mon expérience récente, la bouteille de vermouth doit être vide. Une heure encore, et je le vois regrimper la rue, l'air dépité et vidé, les yeux hagards, la cravate pendante, la braguette ouverte, les lacets dénoués.

— C'est une foldingue, votre bonne femme. Elle savait rien en réalité !

— J'espère que vous l'avez remerciée quand même ?

— Vous croyez quoi, vous ? Je suis bien élevé. Bon, ramenez-moi directement chez moi, je me sens barbouillé.

Un monsieur très bien, ce commissaire.

FIN

Inscrivez-vous gratuitement,
et sans aucun engagement de votre part,
à notre bulletin d'information
en nous retournant le coupon ci-contre.

Vous serez averti(e) des parutions en exclusivité,
pourrez bénéficier d'offres spéciales,
de cadeaux, etc.

Chaque nouvel inscrit recevra
une petite surprise…

Rejoignez-nous vite !

Et n'hésitez pas à proposer l'inscription
à vos parents et amis…

Je désire m'abonner gratuitement au bulletin
d'information des Éditions du Palémon :
je serai averti(e) des parutions des enquêtes
de Cicéron Angledroit et autres ouvrages, ainsi que de
l'actualité et des offres Palémon.

Nom ....

Prénom ....

Adresse ....

....

Code Postal .... Ville ....

Pour encore plus d'offres et d'infos,
indiquez votre adresse e-mail :

E-mail ....@......................

Bon à compléter ou à recopier
et à retourner par courrier à l'adresse suivante :

ÉDITIONS DU PALÉMON
ZI de Kernevez
11B rue Röntgen
29000 QUIMPER

Vos données sont collectées par les éditions du Palémon afin de vous inscrire à notre lettre d'information. Le recueil des données est facultatif et limité à ce qui est strictement nécessaire pour vous faire parvenir notre catalogue et/ou notre newsletter. Vous pouvez à tout moment accéder à vos données, les rectifier, demander leur suppression ou la limitation de leur traitement. En cas de question, vous pouvez nous contacter au 02 98 94 62 44 ou sur **contact@palemon.fr**.

❒ Je consens à l'utilisation de mes données

❒ Je souhaite m'inscrire à la newsletter

CA13

Retrouvez les ouvrages de Cicéron Angledroit
et tous les titres des Éditions du Palémon sur :

www.palemon.fr

ÉDITIONS DU PALÉMON
ZI de Kernevez - 11B rue Röntgen
29000 QUIMPER
02 98 94 62 44
Dépôt légal 4e trimestre 2020

ISBN : 978-2-37260-594-6

Achevé d'imprimer en octobre 2020
sur les presses de la **N**ouvelle **I**mprimerie **L**aballery
58500 Clamecy
Numéro d'impression : 010242 - 1er tirage

Imprimé en France

La Nouvelle Imprimerie Laballery est titulaire de la marque IMPRIM'VERT®